KB092869

신기루

(주)푸른책들은 저소득 가정 아동들의 학습 환경 개선과 학업 능력 발달을 위하여 도서 판매 수익금의 일부를 초록우산 어린이재단에 정기적으로 기부함으로써 배움으로 따뜻해지는 세상을 만들어가고 있습니다.

푸른도서관 50
신기루

초판 1쇄 / 2012년 5월 30일
초판 3쇄 / 2012년 11월 20일

지은이/ 이금이
펴낸이/ 신형건
펴낸곳/ (주)푸른책들
등록/ 제321-2008-00155호
주소/ 서울특별시 서초구 양재천로7길 16 푸르니빌딩(양재동 115-6) (우)137-891
전화/ 02-581-0334~5 팩스/ 02-582-0648
이메일/prooni@prooni.com 홈페이지/www.prooni.com

글 ⓒ 이금이 | 그림 ⓒ 이누리, 2012

ISBN 978-89-5798-324-9 03810

＊잘못된 책은 구입한 곳에서 바꾸어 드립니다.
＊이 책 내용의 일부 또는 전부를 재사용하려면 반드시 저작권자와
(주)푸른책들 양측의 서면 동의를 얻어야 합니다.

이 도서의 국립중앙도서관 출판시도서목록(CIP)은 e-CIP홈페이지(http://www.nl.go.kr/ecip)와 국가자료공동목록시스템(http://www.nl.go.kr/kolisnet)에서 이용하실 수 있습니다. (CIP제어번호 : CIP2012001720)

신기루

이금이 지음

푸른책들

2부 신기루

첫째 날_ 중력의 법칙

1

몸에서 무언가 쑤욱 빠져나가는 듯한 느낌이 들었다. 나는 팔걸이를 움켜잡고 눈을 질끈 감았다. 비행기 처음 타는 티를 있는 대로 내고 있는 게 창피했지만 어쩔 수 없었다. 낮은 신음 소리를 내는 옆자리의 여자에게 동병상련의 정이 느껴졌다. 하지만 여자는 곧 자기 옆의 남자와 스위티, 베이비 어쩌고 하며 키득거렸다. 힐끗 바라보니 서로 만지고 쓰다듬고 난리다. 그 꼴을 보자 괜히 자리를 바꿨다는 후회가 밀려왔다.

비행기에 타고 보니 하필 경화 아줌마 자리만 일행과 네 줄 떨어져 있었다. 기내의 좌석은 통로를 사이에 두고 가운데 네 칸, 양 옆으로 세 칸씩 배치돼 있어 여덟 명인 우리 중 누군가 한 명은 혼자 앉아 가야 했다.

"이게 뭐꼬? 한 명만 이래 멀리 떨어트려 놓는 게 어딨노?"

경화 아줌마가 그 한 사람이 자기라는 사실에 속상한 기색으로 투덜거렸다. 아줌마 자리는 내가 꿈꾸었던 창가였다.

"저랑 자리 바꾸실래요?"

아줌마들 틈에 끼어 몇 시간을 보낼 일이 비행기 뜨기 전부터 따분했던 나는 냉큼 나섰다. 엄마는 내가 혼자 떨어져 가는 게 못미더운 표정이었지만 뭐라고 하지는 않았다.

"그래 주면 고맙지. 다인아, 아줌마가 담에 맛있는 거 사 주께."

"숙희 딸내미 센스 있네."

나는 덤으로 아줌마들의 칭찬까지 받으며 바꾼 자리로 갔다. 엄마와 아줌마들이 안 보이자(떠드는 소리는 들려왔지만) 해방감과 함께 혼자 여행하는 기분이 났다. 하지만 그 기분을 즐길 새도 없이 귓속이 아프기 시작했다. 인터넷에서 알아 온 대로 코를 잡고 침을 모아 삼키려 했으나 쓴 약처럼 넘어가지 않았다. 나는 미니 초콜릿을 하나 까서 입에 넣었다.

"7월 15일 20시 05분 인천 국제 공항을 출발한…… 세 시간 삼십 분 후 몽골 징기스칸 공항에……."

비행기가 아빠 차만큼도 흔들리지 않게 됐을 즈음 기내 방송이 흘러나왔다. 몽골은 우리보다 한 시간 늦다니까 그곳 시계로 열 시 반쯤 도착할 것이다. 귀 아픈 게 사라지자 비행기는 기차처럼 편안해졌다. 사람들이 하나둘 돌아다니기 시작했다. 나도 조금 있다 비행기 안이 어떻게 생겼는지 구경해야지 생각하며 창밖을 내다보았다. 창가에 앉은 보람도 없이 보이는 건 캄캄한 어둠과 창문에 반사된 내 모습뿐이었다.

비행기를 탄 흥분에 잠시 잊고 있었던 불만이 다시 꿈틀거리기 시작했다. 태어나서 처음 가는 해외여행인데 친구들은 날 그다지 부러워하지 않았다. 여행의 구성원과 행선지 때문이었다. 열다섯 살의 나는 마흔다섯 살인 아줌마 부대에 끼어 몽골, 그것도 사막으로 가고 있는 중이다. 그 때문에 야누스 오빠들 공개 방송엘 못 간다고 생각하면 아쉬움을 넘어 억울할 지경이다. 새 앨범을 내고 처음 출연하는 음악 방송이었다. 불만 목록에 빨간 글씨로 추가된 창밖의 어둠은 앞으로 펼쳐질 여행을 암시하는 것 같았다.

나는 고개를 빼고 딸을 이런 여행에 끌고 온 엄마를 넘겨다보았다. 경화 아줌마와 수다를 떨고 있는 엄마는 그새 나란 존재를 잊은 듯했다. 아주 신 나 죽네, 죽어. 자리 안 바꿔 줬으면 어쩔 뻔했어. 해방되고 싶었던 건 내가 아니라 엄마였는지도 모른다.

엄마는 요즘 오빠하고 자퇴 문제로 신경전 중이다. 예스맨이던 오빠와 실랑이를 벌이는 것만으로도 엄마는 힘들어 했다. 엄마야 오빠 일이 아직 결정 난 게 아니니까 그렇다 쳐도 경화 아줌마는 정말 이상한 아줌마다. 남편이 바람을 피웠다면서 우리 집에 와 내가 듣건 말건 아저씨 욕을 해 대며 펑펑 울다가, 여행을 가네 마네 했던 게 얼마 전이었다. 나는 아줌마가 당장 이혼할 거라 생각했고 작년에 말레이시아로 유학을 떠난 아줌마의 딸들이 그 모습을 보지 않아도 돼 다행이라고 여겼다.

경화 아줌마는 종종 내게 머리띠나 인형, 보온컵 같은 선물을 주곤 했다. 솔직히 아줌마가 아니었다면 자리를 바꿔 주지 않았을 거다. 내가 혼자 뒷자리로 온 건 남편한테 배신 당한 아줌마가 비행기에서까지 혼자 앉아 가는 게 불쌍해서였지, 엄마가 딸도 잊을 만큼 재미난 시간을 보내라고 그런 건 절대 아니었다.

2

엄마와 나란히 주르르 앉아 있는 여섯 명의 아줌마들은 엄마의 고등학교 문학 동아리 친구들이다. 어렸을 때 그 모임에 따라간 적이 여러 번 있었다. 하지만 오래간만에 보니 엄마와 친해서 평소에도 우리 집에 놀러오는 경화 아줌마와 정순 아줌마 빼고는 기억이 나질 않았다. 그래도 아줌마들이 서로 부르는 이름을 듣자 엄마가 하던 이야기들이 떠올랐다. 나는 아까 지은 아줌마들의 별명을 생각하며 혼자 웃었다.

비행기를 타기 전 우리는 면세점에서 쇼핑을 했다. 내가 이번 여행에서 가장 기대했던 순간이었다. 나는 안나수이 코너에서 통이 예쁜 립밤을 골랐지만 엄마는 고작 립밤 주제에 너무 비싸다며 못 사게 하고 오빠 먹일 오메가쓰리를 샀다. 내가 도끼눈을 뜨고 영양제 값을 계산해 보자 엄마는 나도 같이 먹으라고 했다. 하지만 엄마는 오빠만 챙겨 먹이고 나는 먹든지 말든지 관심도 없을 게 분명했다.

나는 '아들바보!' 하고 엄마의 뒷모습을 흘겨보았다. 남의 기분 따위는 아랑곳없이 신바람을 내며 쇼핑하는 아줌마들까지 꼴 보기 싫었다. 나는 아줌마들의 별명을 짓기 시작했다. 작가는 뭔가 겉모습부터 남다를 줄 알았는데 보통 아줌마와 다를 바 없는 서영 아줌마는 '듣보작가'. 아들이 올해 카이스트에 붙었다는 주희 아줌마는 '카이스트', 논술 교사로 떼돈을 번다는 인경 아줌마는 '대박논술', 남편한테 배신 당한 경화 아줌마는 '바람맞은'이다. 우리 집에 올 때마다 실적 못 올렸다고 푸념하는 보험 설계사 정순 아줌마는 '실적미달'이고, 이름밖에 아는 게 없고 존재감도 없는 춘희 아줌마는 '그림자'다. 그리고 우리 엄마 양숙희는 '아들바보'. 그것도 수퍼울트라로.

내가 생각하기에 엄마가 여섯 명 중 가장 자랑스러워 하는 친구는 듣보작가 아줌마이고, 가장 부러워하는 친구는 카이스트 아줌마다. 예쁘기까지 한 대박논술 아줌마에게는 부러움보다 질투를 더 많이 느끼는 것 같았다.

엄마는 비평준화 지역의 명문 여고를 나왔다는 사실에 큰 자부심을 느끼고 있었다. 오빠가 공부 잘하는 것도 요즘의 특목고나 자사고보다 더 들어가기 어려운 학교에 당당하게 합격했던 자기를 닮아서라고 했다. 그건 믿어 준다 쳐도 공대 출신인 아빠보다 더 감정이 메마른 것 같은 엄마가 문학 동아리 회원이었다는 게 불가사의했다. 평소에 글을 쓰기는커녕 책도 『내 아이 성적 올리기』 같은 것만 읽은 엄마의 글솜씨는 당연히 별 볼일 없었을 거다. 그럼 내 글재주는 누구를 닮은 건지 모르겠다.

나는 야누스의 팬픽 카페 '재뉴어리'에 카인 오빠와 지노 오빠가 커플인 팬픽을 연재하는 중이다. 「비밀의 공간」은 학교에서 벌어지는 로맨스물인데 내 입으로 말하긴 그렇지만 뭐 인기가 좀, 아니 꽤 있는 편이다. 내 팬픽 때문에 학교가 달라 보일 정도라니(덧글 내용이다.) 그럴 만도 하다. 하지만 우리 가족에겐 절대 비밀이다. 내가 쓴 동성 팬픽을 식구들이 읽는다고 생각하면 집뿐 아니라 지구에서도 탈퇴하고 싶을 테니까. 혹시 (진짜 혹시) 내 팬픽이 대박 나더라도 나는 끝까지 그게 나라는 걸 밝히지 않을 셈이다.

그것 말고도 식구들이 알면 안 되는 이유는 또 있었다. 딸바보인 아빠한테는 칭찬을 듣는다 해도 기쁘지 않을 테고 오빠가 아는 날이면 평생 오덕이라고 놀림 받아야 한다. 그 둘에게보다 더 숨기고 싶은 사람은 엄마다. 내가 팬픽을 쓰는 건 순전히 재미있어서다. 야누스로 하나 된 공간에서 사람들이 내 이야기에 관심을 가져 주고 댓글을 써 주는 게 좋아서다.

하지만 엄마가 아는 순간 내 인생은 비참해지고 말 것이다. 재능을 쓸데없는 데 낭비한다고 야단야단 치며 엄마는 날 당장 스펙용 백일장으로 내몰겠지. 초등학교 때부터 온갖 경시대회에 나가야 했던 오빠처럼. 오빠는 항상 훌륭한 성과물로 엄마를 기쁘게 했지만 나는 아마 실망만 안겨 주게 될 것이다. 바보가 아닌 이상 결과가 보이는 일을 자초할 수는 없다.

잘난 오빠가 있어 좋은 건 그 그늘 아래에서 나름의 자유를 누릴 수 있다는 점이다. 그 대가로 받는 무시와 구박에 가까운 무관심과 냉대를 계산하면 어느 게 득인지 모르겠지만. 내 초등학교 졸업식, 중학교 입학식이 오빠의 중학교 졸업식, 고등학교 입학식과 겹쳤을 때 엄마는 당연히 오빠한테 갔다. 초등학교 졸업식에는 출장 중인 아빠 대신 막내 고모가 사촌동생을 업고 왔고, 중학교 입학식에는 아빠가 시간을 내겠다고 했지만 내가 말렸다. 언제나 바쁜 아빠는 늦거나, 학교에 와서도 내가 몇 반인지 몰라 허둥거릴 게 뻔했다.

나는 엄마가 오빠한테 간 걸 서운해 해서는 안 된다고 생각했다. 내가 엄마라고 해도 박수 부대로 앉아 있는 자식보다는 행사의 주역인 자식한테 가고 싶을 거다. 그런 생각을 고작 열네 살 때 했으니 기특하다. 아니, 눈물 난다.

오빠는 요즘 카이스트 아줌마의 얼굴도 잘 기억나지 않는 아들 때문에 스트레스를 받고 있는 중이다. 이제 늘 비교 당하는 내 기분을 알겠구나 싶어 속이 시원하기도 하지만 오빠가 얼마나 짜증날지는 이해가 갔다. 이해되지 않는 건 엄마 친구의 자식들이다. 엄마 모임에서 봤을 때는 똑같이 코 흘리고, 앞자락에 밥풀 묻히고, 심지어는 오줌도 쌌던 애들이 시간이 지나면서 어떻게 하나같이 공부 잘하고 말 잘 듣는 엄친아, 엄친딸들로 성장했는지 모를 일이다. 이번 여행에 아이가 나 혼자뿐인 게 어떻게 보면 다행스러운 일이었다. 여행 가서까지 다른 아이들과 비교 당하고 싶지는 않았다.

3

여행에 따라가겠다고 먼저 떼를 쓴 건 나였다. 학교를 빠질 수 있는 기회인 데다 고작 일주일 다녀와 놓고 입만 열면 '캐나다 갔을 때'로 시작하는 민지의 이야기가 더는 견디기 힘들었다. 집에서 비행기 못 타 본 사람은 나뿐이라는 심통도 작용했다. 아빠는 회사의 공장이 베트남에 있는지라 출장이 잦았고 오빠는 무려 초등학생 때 우주소년단인가에서 중국을 다녀왔다. 엄마도 3년 전쯤 외할아버지 칠순 기념으로 혼자만 외가 식구들과 제주도엘 갔었다.

"나만 비행기 한 번 못 타 보고 이게 뭐야? 나도 데려가. 데려가라고."

"안 돼. 돈 없어."

엄마가 야멸차게 내 투정을 잘라냈다.

"엄마는 그럼 돈이 어디서 나서 가?"

"우리는 5년 동안 적금 부은 돈으로 가는 거야. 그리고 아무도 애들 안 데려간단 말이야."

엄마가 이렇게 단호하게 나오는 이상 여행은 틀렸다. 마음만 먹으면 원하는 걸 손에 넣을 수 있는 오빠와 달리 늘 투쟁해야 겨우 원하는 것의 한 귀퉁이나마 얻을 수 있었던 나는 본능적으로 이 기회가 절호의 찬스임을 알아차렸다. 여행 대신 다른 무언가를 얻어 내야 한다. 나는 눈물짓는 연기까지 펼치며 아빠를 졸랐다.

"내 친구들 중에 해외여행 못 가 본 애는 나밖에 없단 말이야. 그러니까 아빠가 엄마한테 나 좀 데리고 가라고 해 줘, 응? 그럼 공부도 더 열심히 하고 말도 더 잘 들을게 아빠, 응? 응?"

내 악어 눈물에 넘어간 아빠는 엄마에게 경비는 자기가 댈 테니 나를 데려가라고 했다. 엄마는 그 말보다 아빠가 비상금을 꼬불쳐 두었다는 사실 때문에 더 화가 난 것 같았다.

"형인이 과외 하나 더 시키자고 해도 돈 없다더니 그건 무슨 돈이야? 그리고 다른 집 남편들은 애 잘 볼 테니 홀가분하게 놀다 오라고 한다는데 당신은 뭐야? 이 나이에 처음 해외여행 보내 주면서 꼭 이렇게 맘 불편하게 딴지를 걸어야겠어?"

"애가 가고 싶어 해서 경비까지 대 주는 게 무슨 딴지라고 난리야. 다인이가 얼마나 가고 싶으면 눈물까지 보이겠냐?"

"하이고, 대단한 딸바보 나셨네. 딴주머니 또 있으면 내놔 봐. 면세점 가서 개나 소나 다 있는데 나만 없는 명품 백 좀 사게."

"지난번 출장 때 사다 준 건 명품 백 아니면 뭐야? 그리고 사람이 명품이 돼야지, 명품 백 들고 다닌다고 다 명품 되는 줄 아나?"

비상금과 명품 백은 내가 의도하지 않았던 돌발 소재지만 싸움은 내 예상대로였다. 나는 엄마 아빠를 싸우게 하느니 내가 희생하고 말겠다는 얼굴로 타협안을 제시했다.

"아, 알았어. 안 갈게. 안 간다구! 대신 야누스 오빠들 시디도 사 주고 팬미팅 갈 돈 줘. 이번엔 카인 오빠 생파도 같이 해서 좀 많이 필요해."

다른 때 같으면 어림도 없을 일이었지만 엄마는 순순히 그러마고 했다. 아빠가 내 여행비로 내 주겠다고 한 돈은 이미 엄마 수중으로 들어간 거나 마찬가지였다. 내 덕분에 공돈이 생겼으니 너그러워진 거겠지. 어쨌든 목적을 이룬 나는 신이 나서 카인 오빠 생일 선물을 고르기 시작했다. 게다가 신곡 발표 공개방송이 엄마가 없는 동안 잡혔으니 여행 대신 실리를 취한 나의 혜안에 스스로 감탄할 지경이었다.

그런데 여행을 얼마 앞두고 갑자기 엄마가 마음을 바꿔 나를 데려가겠다고 했다. 이번에는 내가 단호하게 거절했다. 엄마가 마음을 바꾼 건 내가 집에 남아 오빠의 심기를 건드리거나 아빠를 귀찮게 할까 봐서가 분명한데 야누스 오빠들의 공개 방송을 빠져가면서까지 따라가고 싶지 않았다.

엄마는 치사하게 내가 협상으로 얻어 낸 것들을 다시 조건으로 걸었다. 야누스의 화보집까지 덤으로 얹어서 말이다. 계산해 보니 손해 보는 장사가 아니었다. 해외여행도 하고 야누스 시디와 팬미팅 회비는 물론 화보집까지 생기는 것이다. 짠순이 엄마를 계산으로 이길 때가 있다니 신 나는 일이었다. 나는 부랴부랴 여권 만들고 비자 받아(내가 한 일은 사진 찍은 것밖에 없지만) 여행에 합류하게 됐다.

4

여행지가 몽골로 정해지기까지는 들보작가 아줌마의 영향이 컸던 것 같다. 그동안 엄마들이 모은 적금으로는 어차피 유럽이나 미국 같은 데는 갈 수 없었다. 내가 가고 싶은 곳은 홍콩이나 일본이었지만 여행을 안 가기로 하고 관심을 끊은 사이 몽골로 정해졌다. 이미 가 본 적이 있는 들보작가 아줌마가 강력하게 추천을 했고 다른 아줌마들이 모두 안 가 본 데는 그곳뿐이었다고 했다. 여행에 관한 영향력이나 결정권이 조금도 없는 내 의견 따위에 신경 쓸 사람은 아무도 없었다.

엄마는 여행 다녀온 뒤 학교에 낼 체험 보고서를 위해 몽골과 고비 사막에 대해 미리 공부를 해 두라고 일정표를 던져 주었다. 엄마는 옷 사고 가방 사는 걸로 여행 준비를 하면서 내게 공부하라는 건 불공평했다. 그깟 보고서는 나중에 인터넷을 뒤져 써도 충분했다. 그래도 어디 가서 뭘 하는지 궁금해 일정표를 보았다.

"무슨 여행이 그래? 사막에만 줄창 있고. 구경하는 것도 별로 없잖아."

여행지가 못마땅했던 건 나만이 아니었다.

"아줌마들이 사막에 뭐 볼 게 있다고 가?"

"거기 황사 불어오는데 아니에요?"

집에 있을 아빠와 오빠도 이해할 수 없다는 얼굴이었다.

"황사는 봄에나 불지. 그리고 사막이 왜 볼 게 없어? 낙타도 있고 별도 있고 오아시스도 있고. 사막이 아름다운 건 우물이 있기 때문이라는 말도 있잖아."

엄마가 우리를 한심하다는 눈길로 둘러보더니 어울리지 않게 감상적인 표정으로 말했다.

"우물 보러 사막에 간다는 거야?"

"우물 파 주는 봉사 같은 거 하러 가는 거예요?"

아빠야 그렇다 쳐도 엄마가 자랑스러워 하는 잘난 오빠의 반응은 어이가 없었다. 그런 이해력으로 공부를 잘하는 게 이상할 정도다. 엄마 말을 제대로 알아들은 건 우리 집에서 나밖에 없었다.

"그거 『어린 왕자』에 나오는 대사잖아. 그리고 그 책에 나오는 사막은 몽골이 아니라 아프리카에 있는 사하라 사막이네요."

나는 평소에 엄마가 내게 하듯 가차 없이 면박을 주었다.

"암튼, 우린 사막에서 골치 아픈 일들 다 잊고 푹 쉬다 올 거야."

여행 간다니까 갑자기 문학소녀 코스프레를 하는 엄마는 사막에 가면 어린 왕자와 사막 여우라도 만날 줄 아는 모양이다. 그렇지만 내 생각에 사막은 모래밖에 없는, 그래서 볼 것도 할 것도 없는 곳이었다.

나는 마음에 드는 구석이라곤 없는 여행을 가지 말까 진지하게 생각했다. 하지만 야누스 팬으로서 써야 할 돈과 친구들에게 한 자랑과 아무리 재미없어도 학교보다는 나을 거란 생각이 포기를 말렸다. 그리고 또 한 가지, 여행 기간이 기말고사의 성적이 나오는 시기와 맞물린다는 점도 크게 작용했다.

5

기내식 나올 시간이 기다려졌다. 바람맞은 아줌마가 공항에서 사 준 터키 아이스크림을 먹은 게 전부라 배가 고팠다. 마침내 음식 냄새가 퍼졌고 카트를 밀며 온 스튜어디스 언니가 치킨과 피시 중에서 고르라고 했다. 나는 얼결에 옆 사람을 따라 피시라고 해 놓고 후회됐지만 바꾸지 못했다. 스튜어디스 언니가 너무 예뻐서였다. 피시는 생각보다 먹을 만했다. 나는 디저트로 나온 요거트의 뚜껑까지 싹싹 긁어 먹으며 돌아올 때는 꼭 치킨을 선택하리라 다짐했다.

막상 앉아 보니 비행기의 창가 자리는 그다지 좋은 자리가 아니었다. 외국 사람들이 옆에 앉았을 때는 더더욱. 비행기 안을 좀 돌아다녀 보고 싶어도 입이 떨어지지 않았다. 오줌보가 터질 지경이 돼서야 나는 속으로 할 말을 연습했다. 캔 아이 고 투 레스트룸? 아니 지나가도 되냐고 허락을 구하는 거니까 매아이로 시작해야 되나? 결국 눈치만 보고 있다 여자가 일어났을 때 얼른 따라 나갔다. 화장실에 다녀오니 여자는 벌써 자리에 앉아 있었다. 나는 죄라도 지은 것처럼 굽신대며 두 사람을 지나쳐 자리에 앉았다. 그리고 내릴 때까지 좀이 쑤셔도 꼼짝하지 못했다. 그나마 음악과 영화가 나오는 모니터가 있어서 다행이었다.

드디어 도착한다는 방송이 나왔다. 개인별로 지급된 이어폰을 멀쩡하게 놔두고 한 개를 나눠 낀 채 음악을 듣던 옆자리의 연인들은 어느 순간부터 머리를 맞대고 잠이 들어 있었다. 기지개를 켜는데 엄마가 눈에 들어왔다. 통로 쪽 자리에 앉아 있던 엄마가 일어서서 짐칸의 가방을 내리고 있었다. 방금 방송에서 완전히 착륙할 때까지 벨트를 맨 채 가만히 있으라고 했는데 말이다. 아니나 다를까 승무원이 쫓아와서 가방을 도로 집어 넣으며 앉아 있으라고 일렀다. 나는 떨어져 있는데도 엄마가 창피했다. 비행기를 처음 타 보는 것도 아니면서 왜 저러는지 모르겠다.

비행기가 멈춰 서고 사람들이 우르르 일어나 통로를 메우자 그 대열에 낀 엄마가 나를 큰 소리로 불러 댔다. 그제서야 잠을 깨 느긋하게 차례를 기다리고 있는 옆 사람들을 제치고 나갈 수 없어 모르는 척, 밖을 내다보았다. 그때 무엇인가 내 팔을 건드렸다. 돌아다보자 옆자리의 여자가 눈짓으로 엄마 쪽을 가리켰다. 엄마가 내게 얼른 나오라고 손짓하고 있었다. 나는 일어나는 대신 엄마에게 눈을 흘겼다. 여자가 내게 먼저 나가겠냐고 몸짓으로 물었다. 나는 미소를 조금 띠며 고개를 저었다. 나도 당신들만큼 질서와 예의를 안다고.

옆 사람들이 일어선 다음 교양 있게 움직였더니 엄마와 많이 떨어졌다. 엄마는 사람들에 밀려 앞으로 가면서도 계속 내 쪽을 돌아다보았다. 약간 불안했지만 엄마가 자꾸 그러니까 더 능장이 부려졌다. 비행기의 입구와 이어진, 벽이 아코디언 주름처럼 생긴 통로 한옆에서 엄마가 날 기다리고 있었다. 아줌마들은 먼저 빠져나갔는지 보이지 않았다.

"왜 그렇게 꾸물대?"

엄마가 타박을 했다.

"차례대로 내려야지 그럼 엄마처럼 무식하게 굴란 말야? 제발 창피하게 좀 하지 마."

그동안 참았던 말을 쏘아붙이니 속이 다 시원했다. 엄마는 화를 억지로 참는 표정으로 앞장서 가 버렸다. 그럴 거면 왜 기다렸는지 모르겠다.

통로를 다 빠져나가자 묘하게 다른 대기의 냄새가 훅 끼쳐왔다. 난생처음 맡아 보는 외국의 냄새였다.

"정다인, 여기다."

"얼른 온나."

감상에 잠길 새도 없이 날 부르는 소리가 들려왔다. 계단 아래쪽에 모여 서 있던 아줌마들이 내게 손짓을 하고 있었다. 한밤중에 선글라스는 왜 머리에 얹거나 옷깃에 걸었는지, 패션은

어찌나 비슷한지 위에서 내려다보니 엄마를 포함한 일곱 명은
누가 누군지 구분이 가지 않는 한 무더기의 아줌마 떼였다.

공항 건물까지는 셔틀버스를 타야 했다. 큰 배낭을 짊어진
서양 사람들을 보자 정말 외국에 왔다는 생각이 들었다. 그리
고 서양 사람들이 많이 오는 걸 보니 생각보다 괜찮을지 모른
다는 기대도 생겼다. 다양한 인종으로 만원인 버스 안에서 엄
마와 엄마 친구들은 대한민국 아줌마의 기상을 보여 주겠다는
듯이 목청을 높였다. 어찌나 시끄러운지 그게 고작 일곱 명의
목소리라는 사실이 놀라울 정도였다. 사투리라서 더 소란스러
운 것 같았다. 인천 공항에서 내게 말을 걸 때만 해도 아줌마들
의 말씨가 그 정도는 아니었는데 지금은 사방에서 들려오는 낯
선 언어들 중 하나처럼 여겨질 만큼 사투리가 심해졌다.

엄마는 대학 가느라 스무 살 때 서울로 왔다는데 다른 아줌
마들도 비슷할 때 고향을 떠났을 것이다. 그 뒤로 고향보다 서
울에서 더 오래 살았는데도 사투리를 잊지 않고 있다는 게 신
기했다. 엄마는 표준말을 쓰다가도 외할아버지나 외삼촌들과
통화할 때면 사투리가 나왔고 고향 친구들을 만나면 정도가 더
심해졌다. 어릴 때는 그럴 때마다 엄마가 내가 모르는 자신만
의 세계로 간 것 같아 서운했는데, 다른 아줌마들에게 뒤질세
라 큰 소리로 웃고 떠드는 지금은 그 사람이 우리 엄마라는 게
창피하기만 했다.

6

가방이 나오길 기다리는 동안 아줌마들은 잘 도착했다는 전화나 문자를 하기 시작했다. 나는 엄마가 통화하는 사이 얼른 휴대폰을 꺼냈다. 엄마가 요금 많이 나온다고 두고 오라고 했는데 음악 듣거나 사진 찍는 용도로만 쓰겠다며 가져왔기 때문이다. 민지에게 문자를 쓰고 있는데 엄마가 휴대폰을 들이밀었다. 아빠였다. 아빠는 내가 없어서 집이 텅 빈 것 같다고 했다.

"이제 겨우 몽골에 왔는데 벌써 그러면 어떻게 해? 아빠 있지……."

말이 다 끝나기도 전에 엄마가 전화기를 쑥 빼앗아 갔다. 늘 그런 식이다. 중간에 자르고 끼어들고 빼앗고……. 엄마는 내 말을 처음부터 끝까지 들어 준 적이 없다. 요금을 핑계로 아빠와 서둘러 통화를 끝낸 엄마는 어디론가 계속 전화를 했다. 보나마나 오빠일 텐데 받지 않는 모양이다. 끊었다 또 걸고, 또 걸고 하는 엄마를 보다 못해 말했다.

"학원에 있나 보지."

나는 엄마가 계속 돌아가고 있는 짐들 속에서 가방 찾을 생각은 안 하고 오빠와의 통화에만 신경 쓰는 게 짜증 났다.

"오늘 경준이네 집에서 논술하는 날인데 끝났을 시간이야."

"그럼 피시방에 갔을 수도 있잖아."

나라면 엄마가 없는 이 기회를 놓치지 않고 딴 길로 샐 것이다.

"지금 시간이 몇 신데. 형인이가 넌 줄 알아? 그리고 만약에 피시방에 갔더라도 전화는 받을 수 있을 거 아니야."

오빠는 내가 아니니까 피시방에서 전화를 받을 수 없는 거다. 혼자서도 잘할 거라고 믿는 엄마를 실망시킬 수 없으니까. 이번 기회에 오빠가 엄마를 제대로 한번 실망시켰으면 좋겠다. 성적 좋은 것 하나로 모든 권력을 독차지하고 사는 오빠가 얄미워서였지만 그게 전부는 아니다. 관심과 애정을 빙자한 엄마의 감시망에서 한순간도 벗어나지 못하고 사는 오빠가 불쌍해서다. 내가 오빠의 그늘에서 야금야금 누리던 것을 오빠에게도 경험하게 해 주고 싶다. 그게 고작 피시방이라 할지라도.

엄마는 다시 아빠에게 전화를 걸어 오빠가 들어오는 대로 연락하라고 했다. 이럴 때는 요금 걱정이 안 되나 보다. 그러는 사이 엄마와 내 가방이 나왔고 다른 아줌마들도 모두 짐을 찾았다.

입국 게이트의 직원이 무뚝뚝한 얼굴로 여권에 도장을 쾅 찍어 주었다. 우리는 현지 가이드와 만나기 위해 가방을 끌고 든보작가 아줌마를 따라갔다. 입국장 앞은 여행사와 사람 이름이 적힌 팻말이나 종이를 든 환영객들로 붐비고 있었다.

"우리 모임 이름 적힌 거 있나 찾아봐."

든보작가 아줌마의 말에 나도 환영객들의 팻말을 살펴보았다.

"저 있네!"

실적미달 아줌마가 소리쳤다.

무심코 아줌마가 가리키는 쪽을 바라본 나는 접착제라도 밟은 것처럼 움직일 수가 없었다. 지노 오빠가 서 있었다. '글무지개'라는 유치찬란한 동아리 이름이 적힌 종이를 든 채 우리를 기다리고 있는 사람은 분명히 지노 오빠였다. 그럴 리가 없었기 때문에 나는 정신을 차리고 다시 보았다. 자세히 보자 다른 점이 눈에 들어왔다. 184센티미터의 키에 몸무게 65킬로그램인 지노 오빠보다 그 사람은 키도 약간 더 작고 피부도 더 까무잡잡했다. 미세한 차이일 뿐 지노 오빠에게 숨겨 둔 형제가 있는 건 아닐까 의심스러울 정도로 두 사람은 비슷했다. 나는 '지노와 사막여행' 같은 이벤트에 당첨된 기분이었다.

"꽃미남이네!"

"눈이 호강하겠다."

"피곤이 싹 가신다, 마."

아줌마들이 키득거리며 가이드에 대한 소감들을 말했다. 보는 눈은 있어 가지고. 이번 여행에 적극적으로 임하고 싶은 열정이 마구마구 솟아났다.

우리는 가이드의 인솔에 따라 공항을 빠져나갔다. 울란바토르에 첫발을 디디는 순간인데 주변 풍경은 눈에 들어오지도 않았다. 아마 북극곰이 나타났다고 해도 알아보지 못했을 것이다.

주차장에는 우리를 호텔로 데려다 줄 차가 대기하고 있었다. 차 문 옆에 서서 짐을 올려 주며 한 사람, 한 사람에게 인사를 하던 가이드가 내 차례가 되자 싱긋 웃었다. 가슴이 쿵쿵 뛰었다. 분명히 아줌마들한테 보이던 의례적인 미소와는 달랐다. 여행하는 동안 같이 사진도 많이 찍어야겠다. 친구들도 그 사진을 보면 내가 지노 오빠와 여행이라도 한 듯 부러워할 것이다.

차가 출발한 뒤 가이드가 우리 쪽을 향해 서자 지노 오빠가 무대에 섰을 때처럼 후광이 비쳤다.

"안녕하세요? 몽골에 오신 것을 환영합니다. 내 이름은 바뜨르입니다."

가이드가 서툴기는 했지만 알아듣기에 문제없는 한국말로
자신을 소개했다. 나는 아줌마들 소리에 묻히지 않도록 힘껏
박수를 쳤다.

"이름 괜찮네. 우리 잘 바뜨르(받들어) 모실 거 아이가."

실적미달 아줌마의 썰렁한 농담에 나와 가이드만 빼놓고 모
두 깔깔거리며 웃었다. 하나도 안 우스운 말을 해 놓고 자기가
먼저 웃는 실적미달 아줌마가 가장 어이없었다. 저런 유머 감
각이니 걸핏하면 우리 집에 찾아와 실적을 못 올렸다고 하소연
하는 거다.

"바뜨르는 무슨 뜻이에요?"

듣보작가 아줌마가 작가답게 물었다.

"히어로입니다."

바뜨르가 대답했다.

"히어로? 영웅 아이가."

바람맞은 아줌마가 히어로의 뜻을 모르는 사람이 어디 있다
고 해맑은 목소리로 말했다. 남편한테 배신 당한 건 그새 다 잊
은 걸까? 자존심도 없다. 그건 됐고 바뜨르의 뜻이 영웅이라니
이름도 멋있다. 이름을 알고 나자 더욱 가까워진 느낌이었다.
바뜨르는 출석 부르는 선생님처럼 무슨 종이를 들고 우리의 이
름과 얼굴을 맞춰 보았다. 아줌마들은 아들뻘 되는 가이드가
누구 씨, 누구 씨 하고 이름을 부르는데도 황홀한 표정으로 네,
네 하고 공손하게 대답했다.

그런데 놀랍게도 춘희는 듣보작가 아줌마 이름이었다. 춘희
인 줄 알았던 그림자 아줌마는 금란이라고 했다. 엄마에게 살

짝 물어보니 윤서영은 필명이라고 했다. 엄마가 그토록 자랑하던 소설가 윤서영은 듣보작가에 윤춘희였다. 정말 깬다.

"한국말은 어디서 배웠어요?"

대박논술 아줌마가 물었다. 돈을 잘 벌어서인지 아니면 예뻐서인지 모르겠지만 아줌마의 행동이나 말투에서는 당당함이 느껴졌다. 주목 받는 것에 익숙한 사람 특유의 자신감 같았다. 하지만 자신이 예쁘다는 걸 충분히 알고 있는 캐릭터는 만화나 드라마 속에서 결코 남자 주인공의 사랑을 받지 못한다.

"저는 울란바토르 대학교 한국어과 3학년입니다. 그리고 한국에서 1년 한국말 공부했어요."

몽골 대학에 한국어과가 있을 줄 몰랐다느니, 한류가 대세라느니, 바뜨르가 연예인 닮았다느니, 아줌마들은 자기가 아는 이야기는 다 끄집어냈다. 다행히 지노 오빠 이야기는 나오지 않았다. 나는 휴대폰에 저장돼 있는 야누스의 노래와 지노 오빠의 사진을 떠올리며 조용히 미소 지었다. 바뜨르와 단둘이 이야기할 기회가 있을 때 화젯거리로 삼아 친해질 생각이었다.

바뜨르가 다음 날 일정에 대해 설명했다. 고비 사막으로 가려면 일찍 출발해야 하기 때문에 새벽같이 일어나 아침을 먹어야 한다고 했다. 아침잠이 많은 나는 여행 와서까지 일찍 일어나는 게 싫었다가 곧 그만큼 바뜨르를 빨리 본다는 생각에 좋아졌다.

아줌마들은 바뜨르의 설명이 끝나기가 무섭게 질문을 퍼붓기 시작했다. 여행이 아니라 바뜨르의 신상에 관해서였다. 맨 앞 보조석에 앉은 바뜨르는 몸을 우리 쪽으로 돌린 채 아줌마들의 질문에 선선히 답변해 주었다.

호텔에 도착하기 전 아줌마들은 바뜨르가 스물세 살이며 방학 동안 아르바이트로 가이드를 한다는 것, 고비 사막 코스는 두 번째 간다는 것, 사남매 중의 장남으로 할머니와 부모님 그리고 막내 동생은 울란바토르 근교에서, 바뜨르는 울란바토르의 아파트에서 고등학교와 직장에 다니는 여동생들과 살고 있다는 것, 경상도에 있는 학교에 교환학생으로 갔다는 것(그 덕분에 바뜨르는 아줌마들의 사투리를 알아들었다. 아줌마들은 전생의 인연이라도 만난 듯 한바탕 호들갑을 떨었다. 특히 조카가 그 대학에 다닌다는 바람맞은 아줌마는 보는 사람마저 숨 가쁠 정도로 흥분했다.), 몽골 군대는 돈을 내면 면제 받을 수 있기 때문에 열심히 돈을 모으고 있다는 것, 여행사를 차리는 게 꿈이며 어머니의 나이가 아줌마들보다 어린 마흔세 살이고 2년 사귄 여자 친구와 세 달 전 헤어졌다는 것까지 알아냈다. 영양가 있는 정보는 바뜨르한테 현재 여자 친구가 없다는 것뿐이었다.

우아하고 교양 있게 앉아 있는 나에 비하면 바뜨르 신상 털기에 몰두한 아줌마들은 마치 죽은 동물에 달려들어 뼈만 남기고 발라먹는 하이에나 떼 같았다. 엄마는 오빠 걱정 때문인지 잠자코 있다가 한 번 그 틈에 끼어들어 취미를 물었다. 짜증 났지만 나 역시 궁금했으므로 옆구리를 꼬집지는 않았다. 바뜨르는 음악 듣는 것과 말 타는 것을 좋아한다고 했다. 나는 나도, 나도 음악 듣는 거 좋아해요, 라고 외치고 싶은 걸 참았다. 대신 바뜨르가 말을 타고 초원을 달리는 모습을 상상해 봤다.

"우리도 말 타지요?"

엄마가 물었다. 화장대 위에 세워져 있는 사진이 떠오른 나는 엄마가 겨우 제주도에서 조랑말 타 본 경험을 내세워 아는 척할까 봐 걱정됐다.

"네, 말 타요."

다행히 바뜨르의 대답이 끝나기가 무섭게 대박논술 아줌마가 끼어들었다.

"무슨 노래 좋아해요? 케이팝 알아?"

바뜨르는 케이팝을 좋아한다며 에프엑스 팬이라고 했다. 예쁘고 섹시한 에프엑스는 여기 없으니 나의 경쟁자가 아니었다.

7

자정이 다 돼서야 호텔에 도착했다. 프런트에서 키를 받아 나눠 준 바뜨르는 집에 가서 자고 새벽에 오겠다고 했다. 집은 호텔에서 한 시간 반쯤 걸리는 거리에 있었다.

"아이고, 언제 거까지 가노? 피곤해서 우짜노?"

실적미달 아줌마가 혀까지 차며 걱정을 했다. 그러자 바람 맞은 아줌마가 기다렸다는 듯이 냉큼, 방을 비워 줄 테니 호텔에서 자라고 했다.

"정순이하고 내만 느그들 방에 끼어 자면 된다 아이가."

바람맞은 아줌마가, 자기 조카와 같은 대학에 잠깐 다닌 걸 가지고 바뜨르를 조카로 착각하는 건 아닌가 싶었다. 다른 아줌마들은 또 흔쾌히 그러라고 했다. 아줌마들은 한국에 두고 온 가족 대신 바뜨르에게 헌신할 셈인가 보았다. 바뜨르가 고맙지만 고비에서 머물 짐을 싸 와야 하기 때문에 집에 가야 한다고 했다. 나는 아줌마들이 보기 좋게 거절 당한 게 고소했다. 아줌마들도 그렇게 무안하지는 않을 것이다. 자식들한테 거절을 많이 당해 봤을 테니까.

퀸사이즈 침대 한 개와 화장대, 간이 탁자가 놓인 호텔방에선 퀴퀴한 냄새가 약간 났다. 엄마가 먼저 씻으라고 하며 휴대폰을 꺼냈다. 오빠는 계속 전화를 받지 않았다. 내일 고비 사막으로 가면 휴대폰이 안 된다는 이야기를 들은 다음부터 엄마는 더 초조해 했다. 자다 전화를 받은 아빠한테 애가 안 들어왔는데 잠이 오느냐고 엄마가 화내는 소리를 들으며 나는 욕실로 들어갔다. 샤워를 마치고 목욕 가운을 입자 여행지의 호텔방이라는 실감이 났다. 나도 모르게 노래를 흥얼거리며 드라이어로 머리를 말리고 있는데 엄마가 노크도 없이 들어왔다.

"오빠랑 연락 됐어? 뭐 했대?"

나는 괜히 눈치가 보여 엄마에게 물었다. 다행히 엄마의 표정은 좀 전보다 나아 보였다.

"논술팀 중에 그만두는 애 있어서 노래방 가서 놀다 왔대. 샤워는 내일 하고 세수나 하고 자야겠다."

엄마는 오빠와의 통화로 한결 편안해진 얼굴에 샘플 클렌징 크림을 듬뿍 펴 발랐다.

욕실에서 나온 나는 스킨과 로션을 바른 뒤 드라마 속 주인공처럼 침대 위로 몸을 던졌다. 잠시 뒤 엄마도 내 옆에 누웠다. 어느덧 새벽 한 시가 넘어 있었다. 이제 다섯 시간 뒤면 바뜨르를 만난다. 지노 오빠를 만나는 것처럼 설렜다. 나는 한껏 기분이 좋아져 엄마를 끌어안았다. 엄마는 다른 때처럼 귀찮다며 뿌리치는 대신 한 손으로 슬며시 내 팔을 쓰다듬었다. 그러자 왠지 오글거리는 기분이 들어 슬그머니 팔을 빼냈다. 서운해 하지 않을까 살짝 걱정하고 있는데,

"참, 니가 좋아하는 가수 이름이 뭐랬지? 니 방에 붙은 사진에 있는 애 말이야."

하고 엄마가 뜬금없이 물었다. 야누스가 내 성적을 떨어뜨리는 원흉이며 암적인 존재라 여기고 있는 엄마는 그동안 오빠들을 화제로 삼는 것조차 싫어했다. 고등학교 가서 팬질 하면 더 문제니까 차라리 지금 실컷 하게 놔두라는 큰고모의 경험 어린 조언 덕에 겨우 봐주고 있는 거였다. 그렇지 않았으면 야누스의 브로마이드는 벌써 열두 번도 더 찢겨 나갔을 테고 팬미팅이나 공개 방송에 가려면 거짓말을 하거나 전쟁을 치러야 했을 것이다. 엄마가 야누스에 대해 악의나 조롱, 비하의 느낌 없이 말하는 건 처음이었다.

"카인 오빠? 그건 왜?"

"그냥. 카인이라고? 예명이겠지?"

엄마가 내가 좋아하는 카인 오빠에게 관심을 가졌다! 아들 때문에 속 썩더니 내가 그렇게 나쁜 딸이 아니라는 걸 깨달았나? 사실 믿는 도끼한테 발등 찍힐 때가 더 아프고 배신감 느껴지는 법이다. 그런 의미에서 늘 자잘한 일로 발등을 조심하게 만드는 내가, 엄마 말에 단번에 '예스'하지 않았다고, 연락

한 번 안 됐다고 충격을 받게 만드는 오빠보다 더 효녀일 수도 있다. 어쨌거나 나는 보통 모녀들처럼 엄마와 함께 내가 좋아하는 야누스 오빠들 이야기를 한다는 게 신기하고 좋았다.

"카인 오빠 이름은 조정국이야. 근데 엄마 있지, 브로마이드에 있는 야누스 오빠들 얼굴 생각나? 카인 오빠랑 같이 앞에 나와 있는 오빠 말이야. 지노 오빤데 가이드 오빠랑 똑같이 생겼지, 그치?"

엄마는 잠시 말이 없다가 혼잣말처럼 중얼거렸다.

"아, 지노……."

"응, 그 오빠 진짜 이름은 서진오야. 그래서 지노라고 한 거야. 지노 오빠는 그냥 자기 이름으로 하고 싶었는데 다른 그룹에 진오라는 이름이 있어서 바꾼 거야. 또 궁금한 거 없어?"

나는 야누스 멤버 다섯 명에 대해서라면 친오빠 정형인에 관한 것보다 더 많이 알고 있었다. 하지만 아차 싶었다. 그런 거 외울 시간에 공부나 좀 하시지, 하는 엄마의 핀잔과 함께 모처럼 좋았던 분위기가 깨질 것 같아서였다.

"아유, 피곤하다. 내일 새벽에 일어나려면 얼른 자."

뜻밖에 엄마는 그 말만 하고는 돌아눕더니 바로 코를 골기 시작했다. 나는 엄마의 코 고는 소리보다는 내일부터 5일 동안이나 바뜨르와 함께 다닐 생각에 그 뒤로도 한참 동안 잠이 오질 않았다.

둘째 날_ 별을 보는 시간

1

여느 때 아침처럼 엄마의 목소리가 어렴풋이 들려왔다.

"엄마가 아들 믿는 거 알지? 그래, 오늘도 힘내."

엄마는 자기 말이 오빠의 기운을 돋우는 영양제라도 되는 줄 안다. 오빠는 어떨지 몰라도 내게는 손발이 오그라드는 소리다. 나는 그냥 '너 하는 일이 그렇지 뭐.', '행여나…….', '퍽도 잘하겠다.' 등의 말이 더 편하다. 아무튼 오빠보다 등교 시간도 늦고 학교도 가까운 나는 30분 정도 더 자도 된다는 사실이 행복했다. 야누스와 함께 밴을 타고 드라이브하는 이벤트에 당첨된 꿈을 꾸는 중이었기 때문이다. 꿈인 걸 알고 있는데도 차문을 여는 손이 떨렸다. 차 안에는 지노 오빠 혼자 있었다.

가만, 왜 지노 오빠지? 카노 커플링 팬픽을 쓰긴 하지만 나

는 분명히 카인 오빠 팬이다. 눈에서 가까우면 마음도 가까워
진다는 말이 맞나 보다. 자꾸 지노 오빠가 생각나는 건 오빠를
닮은 바뜨르 때문이다.

"엄마 이제 사막에 들어가면 나흘 동안 통화 못하니까 밥 잘
챙겨 먹고 홍삼액이랑 오메가쓰리도 빼 놓지 말고 먹어. 미안
해, 아들 힘든데 엄마만 이렇게 놀러 와서. 울란바토르에 돌아
오면 전화할게. 잘 지내고 있어, 아들."

절절한 엄마 목소리가 들려오는 이상 야누스의 밴이 아니라
호텔에 있다는 걸 모른 척할 수 없었다. 그래도 꿈에서 완전히
깨기 싫었던 나는 실눈을 뜨고 소리가 난 곳을 바라보았다. 간
이 테이블에 앉아 있는 엄마의 옆모습이 보였다. 나는 눈을 크
게 떴다. 전화를 끊은 엄마가 우는 것 같았다. 내 기척을 느낀
듯 엄마는 벌떡 일어나 욕실로 들어갔다. 여행 와서까지 오빠
생각뿐인 엄마는 수퍼울트라 아들바보 맞다. 아빠 말마따나 딸
바보는 명함도 못 내밀 수준이다.

엄마가 조용히 욕실로 가 준 덕분에 나는 이제는 지노 오빠
인지 바뜨르인지 잘 구분이 가지 않는 남자와 야누스 오빠들의
체취가 가득한 밴을 타고 드라이브하는 꿈을 깨지 않아도 되었
다. 그러다 깜빡 다시 잠에 빠진 모양이었다. 지노 오빠인지 바
뜨르인지 모르겠는 남자가 내게 꽃을 주었다.

"정다인, 샤워 안 할 거야? 그럼 조금 더 자."

엄마의 말이 다 끝나기도 전에 나는 벌떡 일어났다. 샤워를
안 하다니, 그럴 수는 없다. 향수는 아니더라도 향긋한 샴푸 냄
새라도 풍겨야 한다.

"샴푸랑 바디워시, 남겨 놓은 걸로 써."

엄마는 목욕 가운을 입은 채 화장대 앞에 앉았다.

"아침 안 하니까 너무 좋다!"

엄마는 화장품을 바르며 콧노래까지 불렀다. 샤워를 하는 동안 기분을 바꾸기로 마음먹었나 보다. 나쁘지 않았다. 둘이 온 여행에서까지도 오빠 생각만 하는 엄마를 보는 건 씁쓸한 일이니까.

욕실로 들어간 나는 머리를 감고 샤워를 했다. 이렇게 행복한 기분으로 하루를 시작한 게 얼마만인지 기억도 나지 않았다. 재뉴어리에서 놀다 보면 새벽에 잠들기 일쑤였다. 폭풍처럼 쏟아지는 엄마의 잔소리를 들어가며 간신히 일어나면 수행 평가 과제 마감일이든, 교복 검사하는 날이든, 쪽지 시험 보는 날이든 무언가가 하나씩은 꼭 마음을 짓누르는 하루가 기다리고 있었다. 그런데 오늘은 아무것도 없다. 그냥 잘 놀기만 하면 된다. 그것도 지노 오빠 닮은 바뜨르랑. 신 난다! 이래서 사람들이 여행을 떠나는 건가 보다.

하지만 가족끼리 여름휴가를 갔을 때는 이만큼 좋지 않았던 것 같다. 반강제로 간 여행은 항상 엄마 아빠가 싸우거나, 오빠랑 싸우다 혼나거나, 맛없는 걸 억지로 먹어야 하거나, 차에 있고 싶은데 끌려 내리거나, 짜증나는 기억들이 더 많았다. 그럼 즐겁고 신 나는 게 모두 바뜨르 때문? 아니, 지노 오빠 닮은 바뜨르 때문? 아무래도 상관없다.

나는 야누스의 노래를 흥얼거렸다. 이번에 발표한 정규 앨범 2집의 타이틀곡 〈습관〉이다. 공개 방송에 가기 위해 우리는 신곡이 발표되자마자 음원을 사고 노래를 외우고 공식 카페에서 응원법을 익혔다.

　오늘도 난 그 창문 앞을 서성대
　꿈에 보던 니 미소 잊지도 못한 채
　눈물이 흘러도
　내 맘이 아파도
　새벽은 찾아오고
　창문을 열어 줘
　open your mind baby
　창문을 열어 줘
　I'll show you the world baby

지노 오빠의 솔로 파트다. 가사만 보면 짝사랑에 빠진 남자의 순애보 같지만 실은 양다리 걸치다 들켜 싹싹 빌며 다시 매달리는 내용이다. 노래를 듣고 있으면 지노 오빠가 매달리는 대상이 마치 나인 것 같았다. 나는 이제는 완전히 지노로 넘어간 듯한 허약한 팬심을 덮기 위해 다른 생각을 했다.

남자 아이돌처럼 잘생기고 매력 넘치는 사람들이 선생님이라면, 교실에 그런 남자 애라도 있다면 날마다 소풍가는 기분으로 학교에 갈 거다. 하지만 학교엔 여자 선생님들만 우글거리고, 교실엔 땀내 푹푹 풍기는 여드름투성이 남자 애들뿐이다. 현실에선 불가능하기에 상상으로라도 실현시키고 싶어서 내가 팬픽을 쓰는 거다.

「비밀의 공간」 연재가 끝난 뒤 지노 오빠를 주인공으로 이성 팬픽을 쓰고 싶다는 생각이 샴푸 거품처럼 부풀어 올랐다. 지노 오빠가 다른 여자와 사귄다고 생각하면 싫지만 그 여주인공이 나라고 생각하면 그보다 설레는 일도 없다. 동양풍의 매력이 돋보이는 정다인, 길거리 캐스팅 돼 성형 미인이 득시글거리는 연예계에 혜성처럼 나타난다. 무명일 새도 없이 평소에 미칠 듯이 좋아했던 지노와 함께 뮤직비디오를 찍는데……. 배경은 물론 몽골이다.

아줌마들에게도 배역을 줘야겠다. 들보작가 아줌마는 패션잡지 기자, 대박논술 아줌마는 스타일리스트, 바람맞은 아줌마는 헤어, 카이스트 아줌마는 메이크업 담당이다. 실적미달 아줌마는 운전기사, 그림자 아줌마는 없는 것처럼 조용하니 매니저를 시켜 줄까? 그래도 의리가 있지, 매니저는 엄마를 시켜 줘야겠다. 나보다 힘센 매니저가 아니라 나한테 절절매는, 내가 무시하고 구박해도 꼼짝 못하는 매니저.

욕실의 작은 창으로 울란바토르의 아침이 밝아 오고 있었다. 호텔이 변두리에 있는 건지 큰 건물들은 없었고 판자로 지은 단층집들과 빌라처럼 낮은 건물들이 빼곡하게 들어차 있었다. 단층집 마당에 유목민들이 산다는 게르가 있는 게 신기했다. 내 팬픽의 무대가 될지도 모른다고 생각하자 풍경들이 세트장 같았다.

2

고비 사막에는 국내선 비행기를 타고 간다고 했다. 차로 가면 열여덟 시간이나 걸리는 거린데 비행기로는 두 시간도 안 걸렸다. 듣보작가 아줌마가 고비는 차를 타고 가야 제맛이지만 우리를 위해서 비행기를 택했다고 했다. 열여덟 시간 동안 차로 가는 게 제맛이라는 말은 듣도 보도 못한 이론이다. 어쨌거나 평생 처음인 비행기를 이틀 연달아 타다니 여행 제대로 하는 것 같았다.

엄마의 채근을 받으며 식당으로 내려가자 분장 수준의 화장을 한 아줌마들이 이미 두 개의 테이블에 나눠 앉아 있었다. 챙 넓은 모자에 얼굴의 반을 가리는 선글라스, 길게 늘어뜨린 스카프 등 있는 대로 멋을 부린 몇 명의 아줌마들은 자기들이 뮤직비디오를 찍으러 가는 줄 아는 모양이었다. 그러고 보니 엄마도 햇볕에 얼굴 탈까 봐 그런다면서 선크림 위에 파운데이션을 바르고 콤팩트를 두들겨 댔다. 그 덕분인지 눈가의 기미도 뺨의 점들도 감쪽같이 사라져 세 살은 더 젊어 보였다.

테이블에 귀부인처럼 앉아 있는 아줌마들은 내 스텝이거나 그마저도 못했던 상상 속의 인물들이 아니었다. 청반바지, 반팔 라운드티 위에 붉은 계통 체크무늬 셔츠를 걸친 내가 가장 초라하게 여겨졌다.

잔뜩 부풀었던 마음이 거품 꺼지듯이 가라앉았다. 사막에 가서 멋 부릴 일이 뭐가 있겠나 싶어 아무 옷이나 가져온 게 실수였다. 새로 산 옷을 카인 오빠 생파 때 입으려고 두고 온 게 후회스러웠다. 행운이 있을 거라는 이번 달 별자리 운세를 믿지 않은 벌이다. 그나마 비비크림을 발랐다는 게 위안이 됐다.

엄마와 나는 대박논술 아줌마와 카이스트 아줌마가 앉아 있는 테이블로 갔다. 무릎을 살짝 덮는 레깅스 위에 하늘하늘한 원피스를 입은 대박논술 아줌마는 엄마와 친구라는 게 믿기지 않을 만큼 젊어 보였다. 돈의 힘으로 유지되는 미모라고 엄마가 흉을 봤던 게 생각났지만 내 눈에는 멋있게만 보였다. 자기 자식 얼굴에도 편견 없이 현대 의학의 도움을 줄 것 같아서 아줌마의 딸이 부럽기까지 했다. 엄마가 남의 애 성적만 따지지 말고 그런 것도 좀 알았으면 좋겠다. 이제부터 대박논술 아줌마가 아니라 최강동안 아줌마다.

"잘 때 춥지 않았어?"

최강동안 아줌마가 우리 쪽을 보고 물었다. 아줌마도 사투리와 표준말을 자유자재로 오갔다. 표준말을 쓸 때도 억양에 사투리가 살짝 남아 있는 엄마와 달리 완벽했다. 최강동안 아줌마의 말을 듣자 잠결에 추워서 엄마 품으로 파고들었던 게 생각이 났다. 엄마도 기억할까? 나는 엄마를 슬쩍 바라보았다.

"괜찮던데 느그들은 추웠나?"

엄마가 아줌마들에게 물었다.

"자다가 인나서 옷 더 껴입고 잤다. 말이 호텔이지 우리나라로 치면 장급 여관만도 못하드라."

카이스트 아줌마가 말했다. 그런 줄도 모르고 호텔 기분 내면서 잔 게 멋쩍기는 했지만 자기 전에 그 사실을 안 것보단 나았다. 가장 수수해 보였던 카이스트 아줌마의 등산복은 아이템 하나하나가 유명 브랜드였다. 새로 산 티가 물씬 풍기는 엄마 옷은 멋있지도 고급스럽지도 않았다. 아울렛 매장을 뒤지고 다녔을 엄마 모습이 떠올랐다. 아줌마들보다 초라한 내 옷차림도, 기껏 산 옷을 아낀다고 두고 온 것도 다 그런 엄마 딸로 자라서인 것 같았다.

웨이터가 빵과 계란 프라이, 커피, 주스 등이 담긴 카트를 밀고 왔다. 기대했던 호텔식이 고작 토스트여서 실망했는데 그것도 아침 식사 시간 전이라 특별 주문한 거라고 했다. 듬보작가 아줌마 설명 때문인지 버터를 발라 갓 구운 토스트는 생각보다 맛있었다. 순식간에 두 쪽을 다 먹고 최강동안 아줌마가 남긴 빵한 쪽을 더 먹고 있는데 아줌마들이 동시에 '바뜨르!' 하고 소리쳤다. 그가 왔다. 그런데 하필 그 순간 내 입에는 방금 베어 문빵이 가득 들어 있었다. 입구를 등지고 앉아 있어서 다행이다.

"안녕히 주무셨어요?"

바뜨르가 내 옆에 멈춰 섰다. 곁눈질로 보니 시야에 바뜨르의 녹색 체크무늬 셔츠와 청바지가 들어왔다. 통짜인 청바지 핏이 유행에 뒤진 게 안타까웠다. 스키니진을 입으면 훨씬 멋져 보일 텐데. 바뜨르가 내 남자친구라면 스타일을 바꿔 주고 싶었다. 유니클로에서 스키니진 하나쯤은 용돈 모아 놓은 걸로 사 줄 수 있다. 카인 오빠 생파와 화보집을 포기하면 뉴발란스 운동화도 가능했다.

아줌마들이 한목소리로 바뜨르에게 아침을 권했다. 바뜨르는 커피나 한 잔 마시겠다며 비어 있는 옆 테이블에 앉았다. 그 자리로 옮겨가고 싶었다. 최강동안 아줌마가 '다인이 커피 안 마시지?' 하며 내 앞에 세팅돼 있던 커피잔을 당겨갔다. 바뜨르가 내 남자 친구라면……을 상상하고 있던 내게 '넌 커피 마실 나이도 안 된 어린애야.'라고 선언하는 것 같아 기분이 안 좋았다.

최강동안 아줌마는 내 것이었던 잔에 커피를 따라 바쁘르에게 건네주었다. 나는 입 안의 것을 최대한 빨리 삼키려고 노력하며 곁눈질로 커피잔을 좇았다. 하늘하늘한 옷소매 사이로 드러난 최강동안 아줌마의 희고 가느다란 팔목에 둘린 여러 겹의 끈 팔찌가 멋스러웠다. 팔목만 놓고 보면 통뼈인 내가 더 나이 들어 보였다. 어린애로 보이는 것도 나이 들어 보이는 것도 다 마음에 들지 않았다. 겨우 음식을 다 삼킨 나는 고개를 들고 바쁘르 쪽을 보았다.

"감사합니다."

커피잔을 입으로 가져가다 나와 눈이 마주친 바쁘르가 싱긋 웃으며 잔을 살짝 들어 보였다. 그의 미소엔 사람을 이상하게 만드는 강력한 성분이 들어 있는 게 틀림없다. 그러지 않고서야 미소 한 방에 이렇게 온몸에 힘이 쭉 빠지고 머릿속이 어지럽고 심장이 벌렁거릴 수는 없는 거다. 나는 꿈속의 배에 있던 남자가 바쁘르라고 결론 내렸다. 그러자 어제 잠깐 보고 오늘 처음 보는 바쁘르에게 친밀감이 느껴졌다. 조금 전의 행동도 바쁘르 역시 날 그렇게 생각한다는 신호 같았다. 그렇지 않고서야 호텔 커피잔을 가지고 굳이 고마운 표시를 할 일이 뭐가 있을까.

"이제 보이 커플룩이네. 느그들 커플룩 입자고 짰나?"

아침 식사를 끝내고 식당을 나설 때 실적미달 아줌마가 웃으며 말했다. 나와 바쁘르를 두고 한 말이었다. 그러고 보니 둘 다 체크무늬 셔츠에 청바지 차림이었다. 우리는 자기 옷과 서로의 옷을 살피다 눈이 마주쳤다. 바쁘르가 웃었고 나는 또 같은 증상을 느꼈다. 솔직히 내 옷차림도 바뜨르의 청바지도 마음에 들지 않았지만 남들에게 커플룩으로 보인다는 사실은 싫지 않았다. 싫지 않은 정도가 아니라 진짜 커플이 된 것처럼 설렜다.

일행 중에 경쟁자가 없다는 건 큰 행운이었다. 아무리 화장으로 기미와 주름을 감추었어도 바뜨르에게 아줌마들은 자기 엄마보다 더 나이 많은 중년 여자들일 뿐이다. 연예인처럼 예쁘다는 최강동안 아줌마의 스물한 살짜리 딸이 오지 않은 건 더 큰 행운이다. 별자리 운세, 참 신기하다.

3

울란바토르에서 남고비의 관문이라는 달란자가드까지 가는 국내선은 여행객으로 꽉 차 있었다. 나는 가끔 스트레칭 하는 척하며 내 뒤쪽 자리에 앉은 바뜨르를 훔쳐보았다. 잠을 자는 바뜨르보다 로또 맞은 표정으로 앉아 있는 옆의 바람맞은 아줌마가 더 눈에 띄었다. 나와 같이 앉았어도 바뜨르는 잠을 잤을까? 몽골 올 때 내 옆자리에 앉았던 연인들이 떠올랐다. 그들의 닭살 행각들이 생각나자 괜히 얼굴이 화끈거렸다. 커플룩 이야기가 나왔을 때 바뜨르는 분명히 싫지 않은 표정이었다. 그건 바뜨르도 내게 관심이 있다는 뜻이다.

달란자가드 공항에 도착하면 기다리고 있을 거라던 차는 보이지 않았다. 여행객들이 모두 빠져나간 대합실엔 우리 일행뿐이었다. 바뜨르가 미안해 하기도 전에 아줌마들은 금방 오겠지, 뭐. 여기도 좋네, 어차피 노는데 좀 늦으면 어때, 하며 이 세상에서 가장 이해심 많은 얼굴을 했다. 성미 급하기가 세계 1위인 대한민국 아줌마들 맞나 싶었다.

한 시간쯤 지났을 때야 폐차장으로 가면 어울릴 만큼 낡은 차가 나타났다. 바뜨르는 차에 걸맞게 구멍이 나고 목이 늘어난 윗도리를 입은 기사와 인사를 나누었다. 출발하려는데 고장이 나서 고치느라 늦었다고 했다. 기사는 미안해 하는 기색도 없이 우리 가방들을 싣기 시작했다.

투박하게 생긴 러시아산 승합차는 12인승이었다. 하지만 기사까지 열 명인 데다 자잘한 짐들이 많아 큰 가방은 차 지붕 위로 올리기로 했다. 차 내부는 우리나라 승합차와 같았다. 나는 바뜨르가 기사를 도와 지붕 위에 가방들을 싣는 동안 어떻게 하면 진짜 커플이 될 수 있을까 궁리했다. 친해지려면 우선 대화를 나눠야 한다. 아줌마들 틈에서 나만이 유일하게 말이 통하는 상대라는 걸 바뜨르가 느끼게 만들어야 한다.

나는 운전석과 조수석 사이의 자리에 눈독을 들였다. 아줌마들끼리는 모두 친구 사이이고 나 혼자만 아니니까 앞 칸에 앉아도 이상해 보이지 않겠지. 조수석에는 당연히 가이드인 바뜨르가 앉을 거야. 나란히 앉아 대화를 나누다 보면 숙소에 도착하기 전에 바뜨르는 내가 외모보다 내면이 더 예쁘고 재미있고 사랑스러운 아이라는 걸 알게 될 거다. 나는 저절로 미소가 지어졌다.

나는 아줌마들을 위해 불편한 자리를 감수한다는 표정으로 가운데 자리에 올라탔다. 두근거리는 마음으로 바뜨르가 옆에 앉길 기다리고 있는데 최강동안 아줌마가 자기는 남이 운전하는 차를 타면 멀미 난다면서 냉큼 조수석에 올라앉았다. 나름 공들여 세운 계획을 시작도 하기 전에 박살 낸 아줌마를 밖으로 차 버리고 싶었다.

"바뜨르, 이리 온나. 여 앉아라."

덕분에 뒤 칸의 아줌마들이 신이 났다. 뒤를 돌아다보니 바뜨르는 역방향으로 앉아 있어 뒤통수밖에 안 보였다. 엄마와 마주 앉은 자리였다. 나는 공연히 엄마를 한 번 째려보고는 고개를 돌렸다. 차가 출발했다. 차가 덜컹거리는 통에 자꾸 기사 아저씨와 최강동안 아줌마에게 부딪혔다. 아줌마야 괜찮지만 운전하는 아저씨에게는 심히 방해되는 일이었다. 이따가 그 점을 어필하면 뒷자리로 가도 속 보이지 않겠지.

"길이 이렇게 험한 줄 알았으면 차멀미 약을 챙겨 왔을 텐데. 다인아, 너는 속 괜찮아?"

최강동안 아줌마가 내게 물었다.

"네, 저는 차멀미 안 해요."

그때 뒤 칸에서 와르르 웃음소리가 터져 나왔다. 바뜨르의 말끝이었다. 속, 안 괜찮다. 아줌마 때문에 바뜨르의 말을 놓쳐 속상했다.

그 뒤로 뒤 칸의 이야기에 귀를 기울였으나 바뜨르 대신 든보작가 아줌마의 설명만 이어졌다. 달란자가드가 남고비 지역 여행자들에게는 사막의 오아시스 같은 곳이고 우리 여행은 패키지 여행과 자유 여행의 중간 형태라고 했다. 아줌마들이 든보작가 아줌마에게 친구 덕에 특별한 경험을 해 본다며 앞으로는 1년에 한 번씩 다니자고 떠들어 댔다. 나는 아줌마들이 계속

44

다음 여행이나 계획하고 이번 여행에는 관심 없기를 바랐다. 바쯔르와 날 내버려 두기만 하면 잘 될 자신이 있었다.

조금 달리던 차는 신호등도 없고 지나가는 사람도 없는데 멈춰 섰다.

"여기 시장에서 물하고 점심 사 가지고 가야 돼요."

바쯔르가 말했다. 아싸라비야, 자리 바꿀 기회가 왔다. 시장은 상인들과 장 보러 나온 전통 옷차림의 사람들, 우리 같은 관광객들이 뒤섞여 제법 북적거렸다. 차에서 내리자마자 아줌마들은 바쯔르를 에워싼 채 한 마디라도 더 걸려고 난리들이었다.

"바쯔르, 저기 할매들이 앉아서 파는 건 뭐꼬?"

"바쯔르, 이 시장은 날마다 열리는 기가?"

"바쯔르, 저 과일은 무슨 맛이고?"

"바쯔르, 저기 파는 신발들은 다 진짜 가죽이가?"

나는 비집고 들어갈 틈도 없었다. 바쯔르는 당연히 아줌마들보다는 나와 함께 다니고 싶을 것이다. 가이드라 어쩔 수 없이 아줌마들에게 끌려다녀야 하는 바쯔르가 안돼 보였다.

좋은 여친이 되려면 남친의 일을 이해할 줄 알아야 한다. 우리가 가상 연애 프로그램에 출연하는 카인 오빠를 일하는 거라고 이해하는 것처럼. 카인 오빠랑 알콩달콩 연애하는 걸그룹 멤버가 죽도록 얄미워도 공개적으로는 까지 않는 것처럼. 엄마는 내가 야누스 오빠들 좋아하느라 시간과 돈을 낭비한다고만 여기지만 내가 깨우친 인생의 진리는 대부분 팬질하면서 덤으로 얻은 것들이다.

나는 너그러워진 마음으로 아줌마들 뒤를 따라 걸으며 시장

풍경을 찍었다. 하지만 떨어지지 말라고 계속 잔소리를 하는 엄마만은 너그럽게 대할 수가 없었다. 인상을 몇 번 써 줬더니 이제는 돌아보지도 않았다. 엄마는 오빠가 기분 안 좋으면 온갖 눈치 다 보면서 내가 그러면 무시하거나 더 기분 나빠한다. 나는 엄마가 그러거나 말거나 바뜨르를 찍고 싶었지만 아줌마들이 들어가지 않는 장면은 나오지 않아 포기했다.

마지막으로 마트에 들러 생수와 캔맥주를 박스째 샀다. 아줌마들이 맥주 마시고 취했을 때도 바뜨르와 친해질 기회였다. 마트를 나오자 차가 대기하고 있었다. 장 본 물건들을 차에 싣는 동안 뒤 칸에 앉으려고 눈치를 보고 있는데 바뜨르가 내게 다가오더니 말했다.

"아까 그 자리에 잡는 거 없어서 위험하다고 해요. 그러니까 뒤에 타요."

기사 아저씨가 말해 준 모양이다. 이것 봐! 기사 아저씨까지 내 편이야.

뒤 칸에는 세 명씩 앉을 수 있는 좌석이 세 줄 있었는데 앞의 두 줄은 마주 보는 자리였고 맨 뒷줄은 앞을 향하고 있었다. 나는 역방향 문가에 앉은 바뜨르의 옆이나 마주 보는 앞자리에 앉고 싶었는데 아줌마들이 맨 뒤로 가라고 했다. 그렇게 뒷자리가 좋으면 자기들이 앉을 일이지, 속으로 투덜대며 안으로 들어가자 내 옆에 그림자 아줌마가 앉았다. 조용한 아줌마라 그나마 다행이었다.

내가 원했던 바뜨르의 옆자리와 앞자리엔 아까처럼 듣보작가 아줌마와 엄마가 앉아 있었다. 내 자리는 바뜨르와 대각선으로 마주 보이는 자리였다. 차의 뒤 칸에서 가장 멀리 떨어져 있으면서 얼굴은 마주 봐야 하는 불편한 자리였다.

4

차는 이제 본격적으로 고비 사막을 달리기 시작했다.

"앞으로 차 더 많이 흔들리니까 조심하세요."

바뜨르의 말이 끝나기도 전에 차가 덜컹하며 여기저기서 비명소리가 쏟아져 나왔다. 나도 어깨를 창틀에 세게 부딪혔다. 비명이 저절로 나왔다. 바뜨르가 내게 안됐다는 의미의 웃음을 보내 왔다. 그러자 이상하게 아픔이 가셨다. 바뜨르의 웃음에는 치료제도 들어 있었다.

"사막이라캐서 모래밭 천질 줄 알았더만 맨 돌이네. 우찌된 기고?"

실적미달 아줌마가 창문 위에 달린 손잡이를 힘껏 움켜쥔 채 말했다. 솔직히 나도 그런 줄 알고 있었다.

다른 아줌마들도 이리저리 흔들리며 동조를 했다.

"고비에는 모래 안 많아요."

바뜨르가 웃으며 말했다. 그때 카이스트 아줌마가 가방에서 종이를 꺼냈다.

"고비 사막에 대해서 인터넷에서 좀 뽑아 왔으니까네 돌려 가면서 읽어들 봐라."

아들만 카이스트대생이 아니라 엄마도 학구파다. 그 아들의 고충이 짐작됐다.

이래 흔들리는 데서 우예 읽노. 벌써 잔글씨는 안 보인다. 니가 읽어 봐라. 한 마디씩 하는 중에 바람맞은 아줌마가 숙희 딸 내미한테 읽으라캐라. 했다. 그러자 내 의사는 물어보지도 않은 채 종이가 내게로 건너왔다. 이럴 때나 내 존재를 기억하는 아줌마들이 얄미웠지만 바뜨르가 보고 있는데 빼기가 그래서 종이로 얼굴을 가린 채 읽기 시작했다. 바뜨르가 들을 거라고 생각하니 부끄러웠다.

고비 사막. 몽골 고원 내부에 펼쳐진 거대한 사막으로 동서 길이가 1,600km에 이른다. 고비란 몽골어로 '풀이 잘 자라지 않는 거친 땅'이란 뜻으로, 모래땅이란 뜻은 내포되어 있지 않다. 고비라는 말의 뜻처럼 고비 사막 대부분의 지역은 암석 사막을 이루어 모래사막으로 된 지역은 매우 적고, 또 일반적으로 고비 사막이라 부르는 지역 범위 안에는 넓은 초원 지대가 포함되어 있다.

고비 사막은 영양류(羚羊類)·설치류(齧齒類) 등의 야생동물이 살고, 가축으로는 염소·양을 비롯하여 소·낙타·말 등이 사육된다. 고비 사막은 공룡 화석의 보고(寶庫)로서 1922년에는 프로토케라톱스의 뼈와 공룡 알들이 발견되었고, 1960년대에는 벨로시랍터와 프로토케라톱스 공룡이 한 마리씩 발견됐으며, 1992년에는 날지 못하는 새의 친척인 최초의 모노니쿠스가 발견되었다.

다 읽고 난 뒤 슬쩍 바뜨르를 보니 당황한 듯 얼른 눈길을 다른 쪽으로 돌렸다. 날 보고 있었던 것이다. 어려운 단어도 많고 특히 공룡 이름 말할 때 버벅거린 게 신경 쓰였지만 바뜨르는 외국 사람이니까 그런 것까지 알지는 못했을 거다.

외국 사람. 내가 만일 바뜨르와 사귄다고 하면 친구들은 잘생겼으니 괜찮다고 할 거다. 하지만 오빠는 바뜨르가 후진국 사람인 데다 자기보다 훨씬 나이 많은 게 못마땅할 테고 딸바보인 아빠는 내가 누구랑 사귀어도 마음에 차지 않을 거다. 그리고 가장 큰 난관인 엄마. 외할아버지와 함께 사는 막내 외삼촌이 필리핀 여자와 결혼할 때 엄마가 얼마나 반대했는지 나는 잘 알고 있었다. 국제결혼이라서가 아니라 외숙모가 남들한테 무시 당하는 동남아 사람이기 때문이었다. 엄마는 딸이 금발 머리에 파란 눈을 한 백인이라면 몰라도 몽골 남자와 사귀는 걸 용납할 리 없었다.

마주 보이는 바뜨르와의 사이에 높은 장벽이 들어서는 기분이었다. 나는 아줌마들이 하는 이야기로 애써 관심을 돌렸다. 아줌마들은 고비 사막에 관한 글을 읽어 준 나에 대해서는 한마디 언급도 없이 내 덕분에 알게 된 내용을 가지고 떠들고 있었다. 무지하게 넓네. 그라믄 쥐라기 공원처럼 저 들판으로 공룡 떼가 막 뛰어댕겼다는 말이네. 신기하네. 아는 만큼 보인다 카더니 참말이네. 들판이 뭔가 달라 보이지 않나, 느그들.

아줌마들 말에 전에 보았던 공룡 영화들이 떠올랐다. 처음 본 건 〈쥐라기 공원〉 3편이었다. 오빠가 엄마를 졸라서 빌려온 비디오테이프를 통해서였다. 지금 생각하면 일곱 살짜리가 보기에는 너무 잔인하고 무서운 영화였다. 그 영화를 본 날 밤 공룡에게 잡혀 찢겨지는 꿈을 꾸다 오줌까지 쌌다.

오빠는 또래 남자 아이들보다 더 오래도록 공룡에 빠져 있었던 것 같다. 집에 있던 어린이 백과사전 중 공룡에 관한 책만 눈에 띄게 닳았으며 책꽂이에는 오빠가 모은 공룡 모형들이 빼곡하게 들어차 있었다. 오빠가 예비 중학생이던 겨울 방학, 엄마는 공룡 모형들을 상자에 쓸어 담아 사촌 동생에게 줬다. 그리고 그 자리에 중학생이 읽어야 할 시, 소설 같은 책들을 꽂아놓았다. 나 같으면 울고불고 난리가 났을 텐데도 오빠는 시무룩한 얼굴을 했을 뿐이었다. 고모네 집에 가서도 원래 자기 것이었던 공룡에는 눈길도 주지 않았다.

그런데 꼭 허락 받아야 해? 문득 그 생각이 들었다. 언제부터 내가 그렇게 허락 받은 짓만 하며 살았다고. 싫어하든 반대하든 상관없다. 내 사랑은 내가 지키면 되니까 얼른 사귀기나 하라고. 그때 바뜨르가 입을 열었다.

"우리도 공룡 화석 발견된 곳 갈 거예요. 캠프에서 가까워요. 그리고 고비에 신기한 거 또 있어요. 쯔리레……, 한국말 뭔지 생각 안 나요."

바뜨르가 생각을 모으려는 듯 미간을 찌푸렸다.

"쯔리레? 혹시 신기루 말하는 거예요? 호수 같은 거 보이는 거."

듣보작가 아줌마 말에 바뜨르의 표정이 펴졌다.

"네, 맞아요. 신기루, 고비에서 많이 볼 수 있어요."

"춘희, 니는 봤나?"

"지난번 왔을 때 처음 봤다. 느닷없이 저 들판에 호수가 나타났다 사라지고, 강물이 보였다 사라지고 참말 신기하더라.

50

신기루에 홀려서 길 잃었다는 말이 거짓이 아닌기라."

들보작가 아줌마가 창밖을 바라보자 다른 아줌마들도 거기 신기루가 있기라도 한 것처럼 모두 고개를 돌렸다.

나는 느닷없이 나타나 내 마음을 홀리고 있는 바뜨르가 신기루인 양 바라보았다. 생각에 빠져 바뜨르가 날 마주 보는 것도 인식하지 못했다. 차가 덜컹하고 흔들렸을 때에야 나는 내가 눈싸움 하는 것처럼 바뜨르를 뚫어지게 보고 있었다는 걸 깨달았다. 바뜨르는 내 눈을 피하지 않았다. 제정신이 든 나는 화끈거리는 얼굴을 얼른 창밖으로 돌렸다. 얼만지 모를 그 시간 동안 바뜨르와 대화를 나눈 기분이었다.

아줌마들은 쯔리레를 시작으로 바뜨르에게 몽골말을 배우기 시작했다. 가도 가도 허허벌판인 사막에서 누구한테 쓰려는 건지 아줌마들은 안녕하세요, 고맙습니다, 물 좀 주세요, 이름이 뭐예요? 몇 살이에요? 등등을 연습하기 시작했다. 쓸 데가 있어서라기보다는 그냥 바뜨르와 이야기하고 싶어 그러는 것이었다. 관찰 결과 아줌마들은 하나같이 바뜨르와 말 한 마디라도 더 나누려 목을 맸다.

실적미달 아줌마가 기사 아저씨에게 금방 배운 걸 써먹었다. 아저씨의 이름은 '다와'였고 서른두 살이었다. 월요일이란 뜻의 이름은 월요일에 태어나서 붙여진 것이라고 했다.

"월요일에 태어났다고 월요일이라니 이름 참 성의 없게 지었다."

"우리도 사극 보면 삼월이, 오월이 같은 이름 나오잖아."

"내 이름만 할라고. 느그들 우리 오빠 이름이 뭔 줄 아나?

51

정수다, 정수. 우리 할배가 내한테는 가스나 이름 따로 지을 것도 없이 오빠 이름에 그냥 순자를 붙이라캤다 안하나. 개명 신청한 거 허가 떨어지믄 내는 은선인기라. 느그들 그때도 정순이라카믄 죽이삘끼다. 참 춘희야, 니는 개명 신청 안 할끼가?"

실적미달 아줌마가 듣보작가 아줌마에게 물었다. 서영이가 춘희라는 건 다시 들어도 웃겼다.

"내비둘란다. 내사 마 본명까지 윤서영이 되믄 이상할 거 같다. 춘희로 산 세월이 얼만데, 이름 바꾸면 그 추억도 다 없어질 거 같아서 내는 싫다."

"그러고 보니까 오래간만에 희자매가 다 모였네. 그때는 숙희가 젤 먼저 작가 될 줄 알았는데. 니 와 그만뒀노?"

최강동안 아줌마가 앞자리에서 고개를 돌리고 끼어들었다. 엄마가 제일 먼저 작가가 될 줄 알았다고? 그 정도였는데 우리한테 자랑을 안 한 게 이상하다. 나는 곧 그 이유를 알아차렸다. 창피해서다. 예전엔 어땠는지 몰라도 현재의 엄마는 우리 성적표 가정통신란에 글 몇 줄 쓰는 것도 끙끙거렸고 오빠네 선생님 부탁에 독후감을 낸 대회에서는 입선에도 못 들었다. 내 자리선 옆모습밖에 보이지 않아 엄마가 대답 대신 어떤 표정을 지었는지 알 수 없었다.

그런데 촌스럽게 희자매가 뭐야. 글무지개는 촌스럽고 유치하기까지 했다. 그때나 지금이나 이름 짓는 센스하고는. 서영 아줌마가 듣보작가인 것도 엄마가 작가가 되지 못한 것도 다 이유가 있다. 그래도 우리 엄마가 작가라면 얼마나 좋을까? 그럼 지금과 많이 다를까? 작가라면 내가 바뜨르와 사귀는 걸 쿨하게 받아 줄지 모른다. 아무래도 보통 사람들과는 다른 생각을 할 테니까.

드라마나 책에서 본 작가의 모습에 엄마를 대입시켜 보려 했지만 상상이 되질 않았다. 내가 본 어디에도 엄마 같은 사람이 작가인 경우는 없었다.

5

차는 초원이라고 부르기에는 풀보다 메마른 맨땅이 더 많이 보이는 평원을 달리다 덜커덩하고 멈췄다. 고장 나서 늦게 왔으면서 얼마나 달렸다고 그새 펑크였다. 우리는 우르르 내려 월요 아저씨와 바뜨르가 바퀴를 갈아 끼우기를 기다렸다. 에어컨이 없는 차 안이나 달구어진 프라이팬 같은 밖이나 뜨거운 건 마찬가지였다. 그래도 바퀴를 타고 일어나는 모래 먼지 때문에 창문을 계속 열어 놓을 수 없는 차 안보다 밖이 차라리 나았다.

"뭐를 보여 줄라꼬 사람을 이래 고생시키노?"

"불가마도 이보다는 안 뜨겁겠다."

다시 차에 탄 아줌마들이 투덜거렸다. 새벽같이 일어난 아줌마들은 떠들기도 지쳤는지 곧 창문에 머리를 박아 가며 졸거나 자기 시작했다. 우리보다 훨씬 덜 잤을 바뜨르도 꾸벅꾸벅 졸기 시작했다. 피곤한 모습이 아줌마들 등쌀에 지쳐서인 것 같아 안쓰러웠다.

피곤했지만 잠이 오지는 않아서 나는 「비밀의 공간」 다음 연재분을 구상했다. 하지만 자꾸 바뜨르가 끼어들어 방해했다. 그럼 아예 지노 오빠한테 쌍둥이 형제가 있다는 설정으로 새 팬픽을 써 볼까? 바뜨르가 지노 오빠보다 한 살 위니까 형이다.

함께 뮤직비디오를 찍는 동안 지노와 다인은 사랑에 빠진다. 사람들 눈을 피하려고 다른 비행기를 탔는데 지노가 비행기 사고로 죽는다. 충격에 빠진 다인은 연예계를 떠나 혼자 지노와의 추억이 있는 고비 사막으로 여행을 온다. 사막에서 다인은 지노와 똑같이 생긴 바뜨르를 만난다. 다인은 지노가 환생한 듯 똑같이 생긴 바뜨르에게 혼란스러운 감정을 느낀다. 알고 보니 둘은 쌍둥이였다. 그런데 한국 사람과 몽골 사람을 어떻게 형제로 묶지? 어렸을 때 잃어버렸다고 할 수도 없고. 나는 눈앞에 있는 바뜨르를 두고 더 이상 비현실적인 스토리를 구상하고 싶지 않았다.

그 말이 현실을 일깨워 준 듯 배에서 꼬르륵거리는 소리가 났다. 어찌나 크게 났는지 바뜨르가 들었을까 봐 걱정됐다. 사정없이 흔들리는 차에 운동이 된 건지 배가 많이 고팠다. 바뜨르가 그 소리를 들은 것처럼 점심을 먹고 가자고 했다. 원래는 이따 들를 독수리 계곡에서 먹으려고 했는데 시간이 너무 지체됐다고 했다.

"이 땡볕에서 우예 밥을 먹노?"

"그래도 허기지는 것보다는 낫다."

차에서 내려 달란자가드에서 산 음식들을 꺼냈으나 아침에도 빵을 먹고 점심에도 빵을 먹으려니 밥 생각이 간절했다. 아줌마들도 나와 같았다.

"바뜨르, 다와한테 혹시 차에 버너랑 코펠 같은 거 있나 물어봐 줘."

들보작가 아줌마 말에 바뜨르가 월요 아저씨한테 물어보더니 있다고 했다. 아줌마들이 환호성을 질렀다. 버너와 코펠은 물론 은박지 돗자리까지 꺼내 온 월요 아저씨는 귀찮아 하지도 않고 지붕 위에서 가방을 내려 주었다. 아줌마들은 신이 나 가방에서 즉석밥과 컵라면, 밑반찬들을 꺼냈다. 바뜨르가 버너에 불을 붙이고 생수 담은 코펠을 올려놓았다. 타이어를 갈 때도 그랬고 지금도 바뜨르는 말없이 일했다. 어눌한 발음으로 말을 할 때보다 더 분위기 있어 보였다.

중간에 차를 고치느라 먼지와 땀을 뒤집어쓴 바뜨르에게 나는 기회를 엿보고 있다 실수로 두 장 꺼낸 것처럼 해서 물티슈를 건네주었다. 그 사이 더 까매진 바뜨르가 고맙다며 내가 준 물티슈로 얼굴을 쓱쓱 문질러 닦았다. 먼지가 누렇게 묻어 나오자 내게 창피한 눈치였다. 나는 다 이해한다는 얼굴로 한 장을 더 주었다. 바뜨르는 팔뚝과 손을 닦았다. 그것만으로도 더 멀끔해진 얼굴과 팔뚝에 바르라고 선크림도 건네주고 싶었지만 참았다. 아까부터 엄마의 눈길이 느껴졌다.

아줌마들이 펄펄 끓기 시작한 물을 컵라면에 부으려고 하자 바뜨르가 큰일이라도 난 듯 말렸다.

"뜨거운 물 위험합니다. 내가 해요."

바뜨르는 그래도 하겠다고 고집을 피우는 바람맞은 아줌마를 감싸안듯 데려가 차 그늘에 앉혔다.

"안경화 씨 여기 가만히 쉬고 있어요."

아줌마 얼굴이 익어 터진 홍시처럼 시뻘게졌다. 아줌마들이 오— 하고 환성을 질렀다.

주방에서 불과 물을 다루며 밥하는 게 일인 아줌마들한테 끓는 물이 뭐가 위험하다고. 나는 바뜨르에게 보호 받는 아줌마들한테 살짝 샘이 났다. 아니 질투가 부글부글 끓어 더운데 더 더워졌다. 나는 나를 타일렀다. 바뜨르는 고객의 안전을 책임진 가이드잖아. 여기서 화상이라도 입으면 골치 아파질 테니까 그러는 거야. 내가 해낸 생각이지만 그럴듯했다. 앞으로 바뜨르가 아줌마들에게 아무리 잘해 줘도 샘나지 않을 좋은 구실이었다.

바뜨르는 물 부은 컵라면을 아줌마들의 이름을 불러가며 나눠 주었다. 나는 바뜨르가 내 이름을 기억하고 있을지 궁금하고 또 기대됐다. 사랑의 시작은 이름을 불러 주는 거라고 시에서도 말하지 않았던가. 그럼 아줌마들 이름을 불러 준 건? 그거야 고객이니 어쩔 수 없지. 고객을 바람맞은 아줌마, 들보작가 아줌마 하고 부를 수는 없잖아.

이제 엄마 차례니 그 다음은 나다.

"양숙희 씨, 맛있게 드세요."

바뜨르가 엄마에게 물 부은 컵라면을 건네주었다. 그때 엄마가 말했다.

"우리 딸 것도 주이소. 뜨거워서 엎을까 겁난다."

말릴 새도 없었다. 바뜨르가 이름을 불러 줄 기회를 날려 버린 것으로도 모자라 엄마는 뜨거워서 엎을지도 모른다고 나를 디스했다. 바뜨르가 바로 코앞에 있는지라 엄마에게 화를 낼 수 없어 더 짜증이 났다. 위안이라면 바뜨르가 내 컵라면을 엄마에게 주는 대신 직접 돗자리 위에 갖다 놓았다는 것이다. 그리고 유난히 부드러운 목소리로 맛있게 먹으라고 했다. 나는 엄마를 봐주기로 했다.

라면이 익기를 기다리는 아줌마들은 아주 행복해 죽겠는 얼굴이었다. 내가 물티슈를 준 보람도 없이 컵라면 열 개에 뜨거운 물을 부은 바뜨르의 얼굴엔 땀이 흘렀다. 라면 스프 냄새를 계속 맡자 뱃속에서 어서 달라고 아우성을 쳤다. 사랑은 잠시 미룬 채 나는 고비에 있는 동안 내내 먹게 될 컵라면의 첫 번째 뚜껑을 열었다.

사막에서의 한국식 점심 식사는 대성황이었다. 컵라면과 즉석밥은 환상의 궁합이었고 각양각색의 밑반찬들은 식욕촉진제였다. 아줌마들은 자기가 싸 온 밑반찬을 바뜨르 앞에 내놓았다. 그리고 바뜨르가 먹는 모습을 흐뭇한 미소로 바라보았다. 엄마도 내가 좋아하는 메추리알 소고기장조림을 내가 아니라 바뜨르 앞에 들이밀었다. 나는 바뜨르가 눈치 못 채게 엄마를 째려보았다. 하지만 바뜨르가 장조림을 맛있게 먹자 나는 내가 만들기라도 한 양 뿌듯해졌다.

눈이 마주친 바뜨르가 많이 먹으라는 눈짓을 보내 왔다. 비밀 연애를 하는 기분이 들어 그늘이라곤 차 그림자와 내 그림자밖에 없는 들판에서 김이 설설 나는 라면과 밥을 먹는 것조차 행복했다.

땀을 줄줄 흘리던 바람맞은 아줌마가 문득 생각났다는 듯 양산을 꺼내 와 썼다.

"아이고 이제 살겠다, 마."

그걸 본 월요 아저씨가 차에서 우산 두 개를 꺼내다 주었다. 아줌마들은 양산과 우산 그늘 아래로 얼굴을 들이밀었다. 타 죽을 것처럼 덥다가도 그늘 안에만 들어가면 시원해지는 이유 는 습기가 없기 때문이라고 했다. 엄마가 챙겨 온 아빠 회사의 마크가 박힌 모자라도 없었으면 큰일 날 뻔했다. 아무리 햇살 이 따가워도 아줌마들 틈에 끼어 우산을 쓰고 싶지는 않았다. 아줌마들은 자기네 꼴이 우습다며 먹다 말고 초원의 거지 컨셉 으로 사진을 찍어 댔다. 바뜨르가 들보작가 아줌마의 좋은 카 메라로 단체 사진을 찍어 주었다.

배부르게 먹고 나니 화장실이 문제였다.

"우산 있잖아요. 그 우산, 화장실도 돼요."

바뜨르가 웃으며 말했다. 우산으로 가리고 볼일을 보는 거 였다. 바뜨르가 보고 있는데. 나는 죽어도 할 수 없었다.

"낮 뜨겁고로 우찌 우산 뒤에서 볼일을 보노? 바뜨르, 화장 실 있는 데까지 얼마나 더 걸리노?"

바뜨르가 숙소에 도착하기 전에는 화장실보다 사막이 나을 거라고 했다.

"이거라도 있으니까 다행 아이가. 멀리 가믄 안 보일끼다."

깔깔거리며 우산으로 시뮬레이션을 해 본 다음 급한 세 아줌 마가 차로부터 멀어져 갔다.

"이만하믄 됐나?"

목소리는 멀리서 들리는데도 시야를 가로막는 게 없어서인 지 또렷하게 보였다.

"다 보인다! 더 가그라."

"이제 안 보이나?"

"양산 꽃무늬까지 다 보인다, 더 가라."

남은 아줌마들이 긇려 주려는 듯 킥킥 웃으며 말했다.

"더운데 와 아들을 고생시키노."

한 아줌마가 손나팔을 하고 '그만하면 됐다.'고 소리쳤다.

하늘과 땅이 맞닿은 풍경 속에 거무스름한 우산 두 개와 화려한 꽃무늬 양산 한 개가 펼쳐진 채 놓여 있는 모습은 마치 예술 작품 같았다. 페이스북에 올려서 애들한테 퀴즈 내야지. 나는 웃으며 그 장면을 찍었다. 그리고 바뜨르와 다와가 우리 먹은 것을 치우는 사이 얼른 뛰어가 우산 화장실을 사용했다. 멀리서 볼 때는 옆과 뒤를 다 내놓고 앞만 가리고 있는 게 우스웠지만 직접 사용해 보니 여러 면으로 시원했다.

디저트로 믹스 커피까지 마시고 난 뒤 차는 다시 출발했다. 점심을 먹은 아줌마들은 기운을 회복했는지 다시 떠들기 시작했다. 맥락도 없이 자기가 하고 싶은 이야기를 하던 중 바람맞은 아줌마가,

"야들아, 바뜨르 우리나라 연예인 닮은 거 같지 않나?"

하고 말했다. 쿵, 내려앉았던 가슴이 두근거리기 시작했다. 하지만 아줌마들이 아직 신인에 속하는 야누스나 지노 오빠를 알 리 없었다.

"맞다, 맞다. 어쩐지 낯이 익더라. 그런데 누구고?"

바뜨르는 자기가 화제에 오르자 호기심 어린 눈빛으로 아줌마들을 바라보았다. 한국 연예인 닮았다니 궁금하겠지. 그런데 여태 바뜨르한테 그런 말을 해 준 사람이 없었다는 게 이상했

다. 나이 든 사람들만 상대로 가이드를 해서인가? 예상했던 상황은 아니지만 어쨌든 기회였다. 바뜨르에게 나의 존재를 확실하게 알려 줄 순간이 온 것이다. 내가 막 입을 열려는 순간 엄마가 말했다.

"야누스에 지노 닮았잖아."

나는 어이가 없어 엄마를 바라보았다. 지난밤 지노 오빠 이야기를 하긴 했지만 엄마가 기억하고 있을 거라고는 전혀 생각하지 못했다.

야누스? 지노가 누꼬? 그런 그룹도 있나? 하도 많아서 누가 누군지 모르겠다, 마. 주말연속극에 나오는 빵집 막내아들이 야누스 멤버라고 했던 거 같다. 그런데 가는 아닌데. 숙희, 니는 우예 그리 잘 아노? 엄마는 나에 대해서는 입도 뻥긋하지 않았다. 컵라면에 이어 지노 오빠까지…… 작정한 듯 방해하고 있다. 표정이 안 보이니 더 약이 올랐다.

"집에 가면 인터넷 찾아보겠어요."

바뜨르가 웃으며 말했다. 나는 내 휴대폰에 지노 오빠 사진이 있다는 걸 말하지 않았다. 알려 봤자 맨 구석 뒷자리에 앉아 있는 내게 이득 될 일은 없었다. 아줌마들은 내게서 휴대폰을 강탈해 바뜨르와 머리를 맞대고 지노 오빠 사진을 들여다볼 거다. 그러다 친구들이랑 찍은 내 엽기 사진들도 꺼내 볼지 모른다.

나는 바뜨르와 가까워질 기회를 연달아 가로채 간 엄마에게 너무 화가 났다. 직접 이름을 말하는 대신 나한테 기회를 넘겼어야 했다. '다인아, 바뜨르 닮은 연예인이 누구랬지?' 아니면 '네 방 사진에 있는 가수 이름이 뭐랬지?', '우리 딸이 좋아하는 가수랑 닮았어.' 얼마나 많은데…….

바뜨르 오빠, 내가 좋아하는 아이돌 가수 닮았어요. 가수? 누구요? 야누스에 지노라고 하는데 직접 작사 작곡 다 하는 실력파예요. 사진 있는데 보여 줄까요? 보여 줘요. 여기요. 사진을 보기 위해 머리가 맞닿는 것도 모른다. 어? 직접 찍은 사진이네요. 네, 지난번 팬사인회에 가서 찍은 거예요. 정말 팬이거든요. 지노 오빠를 주인공으로 한 팬픽도 써요. 팬픽이 뭐예요? 연예인을 주인공으로 해서 소설 쓰는 거예요. 와, 대단해요! 바뜨르, 날 새삼스러운 눈으로 바라보다 너무 가까이 있음을 깨닫고 얼굴이 빨개진다. 음악도 들어볼래요? 우리는 비행기 옆자리의 연인들처럼 이어폰을 나눠 끼고 음악을 듣는다. 바뜨르가 내게 묻는다. 이 가수 왜 좋아요? 잘생겼고, 착하고, 친절하고…… 오빠처럼요. 이게 내 머릿속에 있는 시나리오다.

우리가 지낼 곳이 어떤 덴지 알수록 바뜨르와의 로맨스는 디저트나 간식이 아니라 밥 같은 주식이라는 생각이 들었다. 그마저 없다면 이 지루한 사막을 무엇으로 견디며 나중에 친구들에게는 무슨 자랑을 한단 말인가? 그러자 질문 하나가 고개를 들었다. 너 그럼 지루해서, 친구들에게 자랑하기 위해서, 아니면 지노 오빠 닮아서 바뜨르와 친해지려고 하는 거야?

그건 아니었다. 나도 믿어지지 않지만 바뜨르가 어제보다 오늘 아침, 아침보다 점심때 그리고 지금 점점 더 좋아지고 있었다. 만일 시험에 그 이유를 쓰라는 문제가 나오면 빈칸으로 남겨 둘 수밖에 없었다.

너무 먼 별이라 내가 쓰는 소설 속에서나 로맨스를 꿈꿔 볼 수 있는 카인 오빠나 지노 오빠와 달리 바뜨르는 지금 내 앞에 있다. 그런데도 아무것도 못하는 게 안타까웠다. 헤어질 시간이 정해져 있어 더 그런지도 몰랐다. 하루를 1년처럼 살아도 아쉬울 지경인데 그저 시간만 흘려보내고 있다. 배꼽시계 외에는 시간이라는 게 존재하지 않는 듯한 고비에서 나만이 초침의 움직임까지 느끼며 초조해 하고 있었다.

내 마음은 이렇게 절실한데 엄마가 돼 가지고 밥상을 차려주지는 못할망정 허기진 딸이 이제 겨우 첫 숟가락을 뜨려는데 밥그릇을 날름 채뜨려 가다니. 모든 분노를 눈에 담아 엄마를 노려보는 순간 차가 덜컹 튀어 올라 나는 머리를 천장에 찧고 말았다.

6

온몸이 기름 속에서 튀겨지는 군만두가 된 것 같은 기분이 들 즈음 독수리들의 요새라는 계곡에 도착했다. 거무튀튀하고 거친 산이 그늘 하나 없이 텅 빈 들판보다는 나아 보였다. 바뜨르가 계곡에 가면 지난겨울 얼었던 얼음이 남아 있다고 했다.

말만 들어도 시원타. 퍼뜩 내리라. 얼음덩어리 좀 와삭와삭 씹어 묵었으면 좋겠다. 아줌마들은 바뜨르가 한 마디 하면 열 마디로 반응했다. 예능 프로그램 방청객으로 가면 보너스까지 받을 리액션이다. 나는 아무리 바뜨르 말이라고 해도 이 더위에 얼음이 있다는 게 믿어지지 않았다. 하지만 계곡이 만들어 줄 그늘 안에 들어가는 것만으로도 감지덕지였다. 그런데 그 그늘까지 가려면 한 시간 정도 땡볕 속을 걸어야 했다.

차가 멈추자 먼저 내린 엄마는 자기가 무슨 짓을 했는지도 모른 채 날 기다리고 있었다. 나는 엄마를 외면하고 지나쳤다. 바뜨르만 아니라면 차에 남았을 것이다. 우리가 내린 곳에는 말을 빌려 주는 사람들이 있었다. 바뜨르가 말을 타고 가겠느냐고 물었다. 마부가 같이 가기 때문에 처음 타도 위험하지는 않다고 했다. 밴을 탔던 꿈은 바뜨르와 함께 말을 탄다는 예지몽이었나 보다. 엄마로 인한 짜증과 더위가 싹 사라졌다. 하지만 이번에는 아줌마들이 훼방을 놓았다.

"아이고 여지껏 차 타고 오느라 온몸이 뻐근한데 뭘 또 타노?"

"그래, 그냥 걷자."

"그래도 더운데 우째 한 시간씩 걸어가노? 타고 가자."

최강동안 아줌마가 말했다. 젊은 취향이라 역시 나랑 통한다.

"누구는 타고 누구는 걸으면 패가 나뉘어서 안 된다. 걷자는 사람이 더 많으니까 여서는 걷고 말은 나중에 타자."

듣보작가 아줌마가 정리를 했다. 작가라면서 저렇게 낭만이 없으니 베스트셀러 책을 쓰기는 틀렸다.

막상 초원 위를 걷기 시작하자 덥기만 한 건 아니었다. 그림이나 돌, 뼈 같은 물건들을 기념품이라고 팔고 있는 몽골 사람들을 보는 재미도 있었고 사막 쥐가 여기저기 출몰하는 것을 보는 것도 신기했다. 도랑물을 보고는 모두들 달려들어 손을 씻었다. 미적지근한 생수만 마시다가 손에 닿는 차가운 감촉만으로도 더위가 식는 기분이었다. 계곡 가까이 갈수록 점점 시원해졌다. 에어컨만큼은 아니지만 냉장고를 열었을 때만큼의 시원함이었다. 처음엔 바뜨르와 이야기할 기회를 엿보았지만 아줌마들은 시장에서처럼 기회를 주지 않았다. 포기해 버리고 나자 차라리 마음이 편해지고 주변 풍경이 눈에 들어왔다.

가파르고 거친 돌산 사이의 계곡으로 들어서자 에어컨 켠 방에 들어간 것처럼 서늘했다. 엄마 말을 듣지 않고 셔츠를 차 안에 두고 온 것이 후회될 정도였다. 얼음이 있다던 바뜨르 말은 진짜였다. 계곡 기슭에 큰 얼음덩어리들이 그대로 있었고 그 얼음이 녹아 개울을 이루고 있었다. 좋아한다면서 바뜨르의 말이 거짓이거나 과장일 거라고 생각했던 게 미안해졌다.

주변에 거친 돌들이 쌓여 있는 개울을 건널 때 바뜨르가 아줌마들의 손을 잡아 주었다. 그 모습을 보자 가슴이 뛰기 시작했다. 아줌마들은 미끄러운 척하며 바뜨르 팔에 매달리거나 끌어안는 등 쓸데없이 스킨십을 해 댔다. 비밀 연애하는 연인들이 엉뚱한 상대와 난 스캔들을 재미있어 하듯 나는 아줌마들의 행동을 비웃었다. 그리고 바뜨르의 손을 잡고 개울을 건너가는 내 모습을 수십 가지 버전으로 상상해 보았다.

축축해진 손바닥을 옷자락에 문지르는 사이 내 차례가 됐다. 나는 내숭이 아니라 손을 내밀기가 진짜 쑥스러웠다. 바뜨르 역시 아줌마들 손은 나뭇가지인 양 스스럼없이 잡더니 내게는 선뜻 내밀지 못하고 쭈뼛거렸다. 우리의 손이 서로의 마음인 양 수줍게 다가가는 순간 엄마가 갑자기 '빨리 안 건너오고 뭐해?' 하면서 내 손을 덥석 잡고는 확 잡아당겼다. 수십 가지의 버전에는 결코 없었던, 고꾸라질 뻔한 추한 모습으로 개울을 건

넌 나는 엄마를 물속에 밀어 넣고 싶은 것을 간신히 참았다.

7

숙소에 다다른 시간은 오후 일곱 시쯤이었는데 저녁이라는
느낌이 하나도 들지 않을 정도로 훤했다. 여름 고비 사막에서
는 해가 일찍 뜨고 늦게 진다고 했다. 우리 숙소는 게르였다.
여행객을 위한 게르를 게르 캠프라고 한다 했다. 열 몇 채의 게
르로 이루어진 캠프의 울타리는 마른 나뭇가지를 촘촘히 세워
놓은 게 다였다. 텅텅 빈 땅에 돌로 선을 만들어 주차장 표시를
해 놓은 것도 우스웠다. 일정표에 현지인 가정 방문이 있길래
잠깐 체험해 본 뒤 잠은 호텔에서 자는 건 줄 알았는데 아니었
다. 하긴 이 들판에 호텔 같은 게 있을 리 없었다.

게르 캠프 외에 보이는 것은 지평선뿐인데도 수세식 화장실
과 샤워장이 있는 우리 게르는 호텔로 치면 무궁화 다섯 개짜
리라고 했다. 실제로 캠프에는 호텔 앞처럼 여러 나라 국기가
걸린 게양대가 세워져 있었다.

빨간색 바탕에 화려한 금박 무늬가 들어간 롱드레스를 입고
특이하게 생긴 모자를 쓴 여자 두 명이 우리를 맞이했다. 몽골
전통의상이라고 바뜨르가 말해 주었다. 몸매가 드러나는 옷을
입은 여자들은 마치 모델처럼 늘씬하고 예뻤다. 한 여자가 주
전자에서 술을 따라 우리에게 건네주었다. 말젖을 발효해서 만
든 아이락이라는 술을 대접하는 게 몽골식의 손님맞이라고 했

다. 들보작가 아줌마가 받아 한 모금 마시곤,

"니들도 맛볼래?"

하며 아줌마들에게 물었다. 몇몇 아줌마는 냄새만으로도 포기하고 실적미달 아줌마가 용기 있게 한 모금 마셨다. 그러곤 곧 술을 땅바닥에 뱉더니 구역질까지 해 댔다. 아줌마들은 실적미달 아줌마가 마치 게임에 져서 벌칙이라도 받는 것처럼 깔깔거리며 웃었다. 나는 바뜨르와 전통 옷 입은 여자들 보기가 민망했다. 슬쩍 눈치를 보니 바뜨르와 여자들은 무슨 말인가를 하며 웃고 있었다. 월요 아저씨와 있을 때도 느낀 거지만 자기네 나라 사람과 말하는 바뜨르의 표정은 우리를 대할 때보다 훨씬 편하고 자연스러웠다.

화장실과 샤워장, 식당 등 게르의 시설들을 안내한 여자가 전기는 두 시간밖에 들어오지 않는다며 게르당 한 개씩의 손전등을 나눠 주었다. 우리를 맞이했던 두 여자 중 더 예쁜 여자였다. 나는 바뜨르와 그 여자가 자꾸만 웃으며 이야기하는 게 신경 쓰였다. 언제 봤다고 둘은 농담까지 하는 것 같았다. 우리가 각자의 게르로 흩어져 들어갈 때 바뜨르는 그 여자와 함께 사무실 게르 쪽으로 걸어갔다. 곧 식당에서 만날 텐데도 바뜨르의 뒷모습을 보자 다시는 못 만날 것처럼 안타까운 기분이 들었다.

게르는 4인용이어서 두 채면 됐지만 여유 있게 지내려고 세 채를 빌렸다고 했다. 덕분에 나는 엄마와 단둘이 쓰게 됐다. 무엇보다 엄마한테 성질을 마음대로 부릴 수 있게 돼서 다행이었다. 원통형의 게르 안은 중앙의 난로와 나무 침대 네 개, 화장대가 놓여 있는 것이 전부였다. 공동 샤워실과 화장실은 따로 있었다. 무궁화 다섯 개짜리 호텔 같다고 하더니 게르는 호텔 창고만도 못한 것 같았다.

게르에 둘만 있게 되자 하루 종일 쌓였던 감정들이 폭발하려고 했다. 모두 엄마를 향한 불만과 분노였다. 나는 엄마에게 화를 내는 대신 가방을 집어던지듯 놓고 옷을 벗어 팽개치고 땀찬 운동화를 벗어 던졌다.

"왜 그래? 뭐 땜에 그러는데?"

자기 하고 싶은 대로 다 하며 하루를 보낸 엄마가 영문을 모르겠다는 얼굴로 물었다. 나는 그 이유를 말할 수 없었다. 그러자면 바뜨르를 좋아하는 것부터 밝혀야 하기 때문이다. 그 사실을 알면 엄마는 오히려 바뜨르에 대한 호감마저 거둬들이고 여행 내내 우리를 감시할 게 분명했다. 사사건건 바뜨르에게 트집을 잡을지도 몰랐다. 바뜨르가 그런 꼴을 당하게 할 수는 없었다.

"이게 뭐야? 하루 종일 고물차만 타고 돌아다니고. 엄마는 이런 데가 좋아? 날 왜 데려왔어?"

할 말이 그것밖에 없었다. 엄마는 그럴 줄 알았다는 표정으로 빙긋 웃기까지 했다.

"그럼 좋지. 밥 안 해도 되고 청소도 안 해도 되는데. 그것만 해도 천국 같다. 아, 거치적거리는 혹을 달고 와서 연옥쯤 되겠다."

한국에 있는 오빠와 연락이 안 된다고 안달복달하다 통화하고 나서는 눈물까지 지었던 엄마였다. 그런 사람이 온종일 없는 것처럼 조용히 있었던 나보고는 혹이라고 했다. 안 오겠다는 걸 기껏 끌고 와서 혹이라고 하는 데에는 딱 한 가지 이유밖에 없다.

엄마도 다른 아줌마들처럼 마음껏 바뜨르랑 놀고 싶은데 내 눈치가 보이는 거다. 돌이켜보니 엄마는 그림자 아줌마와 맞먹을 만큼 조용했다. 딸 앞이라 다른 아줌마들처럼 바뜨르에게 노골적으로 관심을 보일 수 없었겠지. 가이드가 바뜨르 같은 꽃미남인 줄 미리 알았으면 엄마는 절대로 나를 데려오지 않았을 거다.

"너 그리고 뒤에 좀 처지지 마. 단체 생활에서 그게 얼마나 민폐인 줄 알아? 너 땜에 신경 쓰여 죽겠어."

엄마가 머리를 다시 빗으며 내게 말했다. 어이가 없었다. 누가 더 피해를 줬는지 조목조목 따지고 싶었다.

엄마는 땀이 났다면서 원피스로 갈아입은 뒤 립스틱을 다시 발랐다. 집에서 입는 펑퍼짐한 실내복이었지만 민소매인 데다 꽃무늬가 화려했다. 어떠냐고 물은 엄마는 '팔뚝살 출렁거려.'라는 내 말에 카디건을 걸쳤다.

식당으로 가기 위해 밖으로 나가자 다른 아줌마들도 옆 게르에서 하나 둘씩 나왔다. 바뜨르는 보이지 않았다. 숙소가 어딘지 궁금했다. 아줌마들은 한눈에도 은근히 신경 쓴 차림들이었다. 사막으로 오면서 레이스, 망사, 반짝이가 섞인 옷을 준비해 왔다는 게 어이없었다. 가이드가 바뜨르라는 걸 엄마와 나만 빼고 다 알고 있었던 건 아닌가 하는 의구심이 들었다.

이번 여행을 기획한 듣보작가 아줌마가 화장실과 목욕 시설 등이 제대로 없는 민박 게르는 너무 불편할 것 같아 캠프를 숙소로 잡았다며 어떠냐고 물었다.

생각보다 좋다, 잘했다. 이제 잠자리 불편하면 힘들더라. 다인이는 엄마 따라와서 호강하네, 니들끼리 다닐 때는 불편한

데서도 자 보고 거친 것도 먹고 해야 하는기다, 고생해야 성장한다 아이가. 아줌마들의 대화 상대가 갑자기 나로 바뀌었다.

아줌마들은 내가 있다는 사실을 까맣게 잊고 있다가 어느 순간 문득 떠올리는 것 같았다. 그러면 자신들이 어른이라는 사실도 함께 깨닫고는 체통을 되찾겠다는 듯이 갑자기 근엄해졌다. 하지만 만난 지 24시간도 지나지 않아 아줌마들의 유치한 모습을 바닥까지 봐 버린 내게는 조금도 통하지 않았다.

아무튼 숙소를 민박이 아니라 캠프로 잡은 건 천 번 만 번 잘한 일이다. 고생해야 성장한다느니 아프니까 청춘이라느니 하는 말 같은 거 나는 믿지 않는다. 아이들이 편한 꼴은 죽어도 못 보는 어른들이 지어낸 말들일 뿐이다. 설령 그 말이 맞다 쳐도 나는 편하고 즐거운 걸 선택할 거다. 그 대신 성장은 아픈 사랑으로, 고난이 함께하는 사랑으로 할 것이다.

"다인아, 니 사방이 지평선인 곳은 처음 보제? 처음 왔을 때는 막막할 정도로 기분이 이상했는데 두고두고 이 초원이 제일 생각나더라. 니도 나중에 그럴끼다. 여기서 공부나 성적 같은 거 다 잊고 쉬다 가그라."

듣보작가 아줌마가 작가답게 말했다. 진심으로 그렇게 생각하는 걸까? 작가라면 그 정도 말은 해 줘야 한다고 생각해서 한 말은 아닐까? 진심이라면 고3이라는 아줌마 딸이 너무 부럽다. 나는 어른 대면용 미소를 지으며 고개를 끄덕였다.

"내도 유럽보다 여기가 더 좋은 거 같다. 유럽 갔을 때는 하나라도 더 볼 욕심으로 발바닥이 부르트게 돌아다녔는데 아무것도 없는 데로 오니까 마음에 여유가 생기네."

카이스트 아줌마가 먼 곳을 바라보며 말했다. 유럽보다 여기가 더 좋다니. 그건 한우 등심을 배 터지게 구워 먹어 고기에 물린 사람이 채소가 더 좋다고 하는 꼴이다. 그때까지 듣고만 있던 엄마가 말했다.

"내는 저 초원 위를 말 타고 달릴 거 생각하니까 막 가슴이 뛰는 거 같다."

할 줄 아는 말이라곤 공부해라와 돈 없다는 것뿐인 줄 알았던 엄마가 뜻밖이었다. 그런데 두 손을 가슴에 모으고 말한 건 좀, 아니 많이 민망했다.

8

저녁은 몽골 음식이었다. 양고기가 든 스프와 잘못 지은 것처럼 푸실푸실한 밥이 차려져 있었다. 엄마는 기왕에 왔으니 몽골 음식에 도전을 해 보겠다고 했지만 나는 냄새부터가 비위 상해 시도도 할 수 없었다.

바뜨르와 한 식탁에 앉아 정겹게 식사하는 장면을 상상했던 나는 나처럼 몽골 음식의 냄새조차 맡기 힘들어 하는 최강동안 아줌마, 바람맞은 아줌마와 함께 다른 상에서 장조림, 무말랭이 무침이랑 김, 볶은 고추장하고 즉석밥을 먹었다. 엄마를 포함한 나머지 아줌마들은 바뜨르와 한 상에서 서로 음식을 권하며 재미있게들 먹었다. 아직은 엄마의 시중을 받으며 밥을 먹는 오빠처럼 편안한 표정이지만 바뜨르는 곧 아줌마들의 관심과 집착이 지겨워질 것이다. 내가 진짜 경계해야 할 인물은 아줌마들이 아니라 지금도 서빙을 핑계로 바뜨르에게 눈웃음을 치고 있는 여자다. 그 여자는 전통 옷을 벗자 볼륨 있는 몸매가 더욱 드러나 보였다.

9

캠프의 직원이 가느다란 파처럼 생긴 풀과 작은 돌들이 뒤섞인 땅바닥에 넓은 카펫을 깔아 주었다. 별을 보기 위한 자리였다.

"지난번 왔을 때는 달이 밝을 때라 별을 제대로 못 봤다. 지금은 그믐 때라서 별이 잘 보일끼다."

들보작가 아줌마 말에 다른 아줌마들은 큰 행운이라도 되는 양 좋아했다. 엄마도 마찬가지였다. 나는 엄마가 이렇게 작은 일에 감탄하고 감사할 줄 아는 사람인 줄은 처음 알았다. 내가 수학 경시대회에서 딱 한 번 백 점 맞았을 때도 좋아하기는커녕, 함께 백 점 맞은 다른 아이들이 누군지 모른다는 이유로 화를 냈던 사람이 바로 엄마다. 하긴 엄마는 언제나 아수라 백작처럼 두 얼굴이었다. 선의 얼굴은 오빠에게로, 악의 얼굴은 내게로 향한. 여행 와서도 여전히 악의 얼굴은 내 차지다.

카이스트 아줌마가 챙겨 온 모기향을 카펫 주위에 피워 놓았다. 달란자가드에서 사 온 맥주와 함께 아줌마들이 각자 한국에서 가져 온 마른오징어채나 김, 아몬드 같은 안주들을 꺼내 왔다. 나를 위한 사이다도 있었다. 나는 엄마에게 슬쩍, 나도 맥주 마시면 안 돼? 하고 물어보았으나 엄마는 대꾸조차 하지 않았다.

"바뜨르가 안 보이네."

"그냥 쉴라나?"

"피곤하겠지."

"한창 땐데 피곤은 무슨? 바뜨르, 바뜨르! 이리 나온나."

"바뜨르, 같이 별 보자!"

솔직히 나는 벌써부터 바뜨르가 안 보이는 것에 신경을 쓰고 있었다. 식당에서 내게 무심했던 것보다 여직원과 웃으며 이야기하던 게 더 걸리던 차에 바뜨르를 불러내 준 아줌마들이 그 순간만큼은 좋았다.

바뜨르가 어디서 나타날까 두리번거리고 있는데 갑자기 등 뒤에서 누가 내 양쪽 팔뚝을 탁 잡았다. 나는 너무 놀라 꺅 하고 비명을 질렀다. 아줌마들의 웃음소리에 돌아다보니 바뜨르였다. 바뜨르의 웃는 얼굴이 코앞에 있었다. 산뜻한 비누 냄새가 확 풍겨 왔다. 어둠 속에서 바뜨르의 얼굴만 환히 빛나는 것 같았다. 놀란 마음이 진정될 새도 없이 더 뛰기 시작했다. 온몸이 북이 된 듯 쿵쿵 울렸다. 나는 그 느낌을 감당할 수 없어 얼굴을 무릎에 묻었다. 하늘의 별이 몽땅 들어앉은 듯 가슴속이 반짝거리기 시작했다.

"어, 많이 놀랐어요? 미안해요."

바뜨르의 목소리가 귓전에서 들려왔다.

"얼라한테 장난치지 말고 이리 와 앉그라."

한 아줌마의 말에 바뜨르가 내 등을 한 번 살짝 두드린 다음 내 곁에서 일어섰다. 아줌마들이 앞다퉈 바뜨르의 자리를 만들어 주었다. 아줌마들의 '얼라'라는 말이 살짝 신경에 거슬렸지만 상관없었다. 바뜨르가 내게 관심을 표현한 것이다. 아줌마들은 '장난'이라고 치부했지만 관심이 없으면 그런 장난을 쳤겠어? 나는 술을 마시는 아줌마들과 바뜨르 곁에서 혼자 사이다를 마시고 있어도 행복했다.

"다인아, 아줌마들만 이래 맥주 마시니까네 미안하네. 열일곱 살만 됐어도 마셔 보라카겠는데 열다섯 살은 너무 어리다. 사이다 더 주까?"

자기네끼리 웃고 떠들다 잠시 조용해졌을 때 바람맞은 아줌마가 갑자기 내게 말했다. 어두워서 다행이었다. 베어 문 사과에서 반쪽만 남은 벌레를 본 것 같을 내 표정을 들키고 싶지 않았다.

"됐어요."

나는 퉁명스럽게 말했다. 바뜨르와 나 사이를 가로막는 최대의 장애물은 게르의 여직원도 아줌마들도 아닌 내 나이라는 사실을 더 이상 모르는 척할 수 없었다. 나는 아침의 커피에 이어 내가 어린애라고 광고하는 것 같은 사이다를 들이켰다. 가슴속에 가득 들어찼던 별들이 모두 빛을 잃고 한낱 양철 쪼가리가 돼 철그렁거렸다. 스물세 살 남자에게 열다섯 살이란 나이는 그 자체가 나이차나 국경, 신분보다 더 넘기 힘든 장벽일 거다. 바뜨르 눈에 나는 막내 동생밖에 되지 않는 것이다. 아까 바뜨르가 내게 했던 행동은 우리 오빠가 내게 슬쩍 다리를 걸어 넘어지게 하거나 무서운 영화 볼 때 놀래 주는 거나 다를 바 없는 장난이었다. 그러니 아무 의미가 없는 행동이라는 말이다.

'바뜨르가 차라리 나랑 같은 또래라면 얼마나 좋을까.'

그러면 아줌마들에게 '얼라' 소리를 들어도 이렇게 굴욕적인 느낌은 들지 않을 것이다. 빈 맥주 캔이 늘어날수록 아줌마들은 목소리도 동작도 웃음소리도 커져 갔고 내 슬픔과 안타까움도 깊어 갔다.

얼마 뒤 최강동안 아줌마가 고개 아프다며 카펫에 누워 별을 보자고 했다. 바뜨르가 원래 별을 볼 때는 그렇게 하는 거라면서 아줌마들 사이에 드러누웠다. 스스럼없는 행동을 보자 문득 바뜨르에게는 아줌마들이나 나나 그저 안전하게 가이드 해야 하는 고객에 불과할지도 모른다는 생각이 들었다. 그동안 숱하게 했던 생각들 중 가장 슬펐다.

그런데도 무슨 미련이 남아 나는 게르로 돌아가지 못하고 엄마 곁에 누웠다. 맨 가장자리였다.

"이러고 누우니까네 어릴 때 생각난다. 그쟈?"

"멍석 위에 누워서 별 보다 할매 옛날얘기 듣다 말다 잠들었었는데…… ."

아줌마들이 갑자기 환호성을 질렀다. 별똥별이 떨어졌다고 했다. 그 사이 별이 더 많아진 것 같았다. 그렇게 많은 별을 보는 것도, 하늘에 그렇게 별이 많다는 걸 안 것도 처음이었다. 예쁘기는 했지만 아줌마들과 같은 감동이나 흥분이 느껴지지는 않았다.

나는 별빛보다는 환한 전등 빛 아래서 컴퓨터로 팬픽을 쓰거나 채팅을 하거나 텔레비전을 보는 게 더 재미있다. 솔직히 비행기까지 타고 와서, 엄마가 평소 내게 하는 말대로 밥이 나오는 것도 아니고 옷이 나오는 것도 아닌 별이나 보고 있는 게 정말 이해되지 않았다. 그렇게 별이 좋으면 천문대에 갈 일이지.

그 뒤에도 아줌마들은 별똥별이 떨어질 때마다 호들갑을 떨었다. 아줌마들은 신도라도 된 듯 별에 관련된 시를 외고, 노래를 부르고, 책의 구절들을 읊어 대며 별을 찬양했다. 그 모습은 어쩐지 좋아하는 아이돌 가수를 대할 때의 우리와 비슷했다. 가슴에 별 대신 양철 쪼가리가 가득한 나는 내게 그런 시간들이 있었는지조차 아득하게 여겨졌다. 어제 이맘때쯤 나는 한국과 몽골 사이 어디쯤의 하늘을 날고 있었다. 그때부터 겨우 하루가 지났을 뿐이라는 게 기이했다.

　"바뜨르는 아는 얘기 없나? 어디 한번 해 봐라."

　이야깃거리가 떨어졌는지 아줌마들이 바뜨르에게 말했다. 바뜨르가 어렸을 때 자기 할머니한테 들은 거라면서 이야기를 했다.

　"하늘 저 위에 고비보다 더 넓은 초원이 있어요. 그곳에 양 치는 거인 사는데 밤마다 밤마다 불 피워요. 거인 옷에 구멍이 아주 많이 났는데 그 구멍으로 불이 비치는 거예요. 그게 저 별들이에요."

　바뜨르의 목소리가 아득하게 느껴졌다. 끝없이 펼쳐진 저 검은 하늘이 거인의 옷자락이라니……

셋째 날 _ 바람의 왕자

1

누군가 내 머리를 쓰다듬었다. 가만가만 어루만지는 손길에서 나에 대한 애정을 느낄 수가 있었다. 이번에도 꿈일 거라고 생각했다. 바뜨르와 이렇게 친해졌을 리는 없잖아. 꿈이라도 좋았다. 꿈은 이루어지는 거라니까. 그런데 훅 끼쳐 오는 술 냄새가 너무 현실적이었다. 내 곁에 와 있는 사람은 엄마였다. 이제야 술판이 끝났나 보다. 엄마라는 걸 알고 나자 아줌마들이 계속 떠들고 웃고, 소리 지르고, 노래 부르는 통에 자다 깨다 잠을 설친 게 기억나면서 짜증이 확 밀려왔고 잠까지 달아났다.

어젯밤, 바뜨르가 먼저 들어가겠다고 일어났다. 그래, 피곤할 텐데 얼른 가서 쉬어라. 좋은 꿈 꾸고. 낼 보자. 아줌마들은 자기들이 그때까지 붙잡고 있었던 건 생각도 않고 입을 모아 바뜨르의 편안한 잠자리를 기원했다. 바뜨르는 밤 인사를 남긴 뒤 사라졌다. 날 아프게 하던 존재가 없어졌는데 기쁘거나 시원하기는커녕 견딜 수 없을 만큼 허전해졌다. 속 보이지 않을 정도의 시간이 지났을 때 엄마에게 들어가자고 했지만 엄마는 꿈쩍도 하지 않았다.

"너 그동안 저런 밤하늘 본 적 있어? 일생에 한 번밖에 없는 기회니까 잘 봐 둬."

춥고 졸리다고 해도 먼저 가서 자라는 대꾸만 돌아왔을 뿐이다. 내팽개치고 놀 땐 언제고 이제 와서. 나는 엄마의 손을 거칠게 쳐내고는 돌아누웠다. 등 뒤로 엄마가 무엇엔가 부딪히며 자기 침대로 가는 기척이 느껴졌다. 내 머릿결을 어루만지는 사람이 잠깐이나마 바뜨르라고 착각했던 게 캄캄한 어둠 속에서도 창피했다.

바뜨르 생각을 하자 가슴 가득했던 양철 쪼가리들이 부딪히며 낸 생채기가 쓰려왔다. 나는 이제 바뜨르에 대한 마음을 접기로 했다. 내게도 바뜨르는 며칠 뒤면 다시는 못 보게 될 가이드에 지나지 않았다. 이제는 친해지려고 잘 보이려고 노력하지도 않을 거다. 월요 아저씨나 바뜨르나 내게는 똑같은 사람들이다.

엄마는 이제야 잠자리에 들었는데 밖은 훤해지고 있었다. 사막에서는 해도 일찍 뜬다더니 벌써 동이 트는가 보았다. 나는 금방 한 결심을 잊고 혹시 지난밤 나보다 일찍 잔 바뜨르가 해를 보러 나오지는 않을까, 하는 생각을 했다. 나는 나도 모르게 벌떡 일어나려는 몸을 간신히 침대에 붙잡아 두었다. 만난 지 얼마나 됐다고 바뜨르를 생각하는 게 습관이 됐다. 습관이란 단어가 떠오르자 지노 오빠의 노랫소리가 마음속에서 맴돌았다.

오늘도 난 그 창문 앞을 서성대
꿈에 보던 니 미소 잊지도 못한 채
눈물이 흘러도
내 맘이 아파도
새벽은 찾아오고
창문을 열어 줘
open your mind baby
창문을 열어 줘
I'll show you the world baby

눈앞에 있어도 가까이할 수 없는 바뜨르보다 차라리 멀리서 빛나는 야누스의 지노 오빠가 더 좋았다. 나는 자리에서 일어났다. 일출 장면을 카메라에 담고 싶은 것뿐이야. 바뜨르가 있건 말건 관심 없어. 나는 내게 말했다. 그러곤 대강한 것처럼 보이지만 정성 들여 똥머리를 만들고, 또 아무렇게나 걸친 것처럼 바지 갈아입을 때 필요할지 몰라 챙겨 온 치마를 입고, 맨얼굴인 것처럼 립글로스를 살짝 바른 뒤 자일리톨 껌을 한 개 입에 넣었다.

모든 준비를 마친 다음 카메라를 챙겨 들고 게르 문을 열었다. 푸르스름하고 서늘한 새벽 기운이 훅 밀려들었다. 나는 그 기운 속으로 몸을 내놓았다. 숨을 한 번 들이쉬자 맑고 신선한 공기가 온몸에 흡수되는 것 같았다. 옆 게르의 아줌마들도 모두 잠이 들었는지 조용했다. 붉은 빛으로 가득한 지평선은 우리 게르 앞에서도 보였지만 나는 캠프 안을 돌아다녔다. 해 뜨기를 기다린 거지 바뜨르를 찾아다닌 게 아니었다. 식당도, 기념품 매장도 모두 닫혀 있었다. 직원들도 아직 일어나지 않은 듯 기척이 없었다. 캠프에서 깨어 있는 사람은 나 혼자뿐이었다.

나는 기대하지 않았으니 실망도 하지 않고 캠프 밖으로 나가 지평선을 바라보았다. 그동안 제대로 된 일출은 남이 찍어 놓은 사진으로밖에 보지 못했다. 나는 처음으로 일출 광경을 지켜보았다. 땅과 하늘에 가득하던 붉은 기운 속에서 태어나듯, 해가 주홍빛 구슬처럼 동그랗고 말간 모습으로 솟아오르는 모습은 신기했다. 내일 봐도 모레 봐도 그 기분은 같을 것 같았다.

멍하니 보고 있던 나는 화들짝 정신이 들어 셔터를 눌러 대기 시작했다. 엄마 말대로 언제 또 지평선에서 떠오르는 해를 볼 수 있을지 모를 일이니 인증샷을 남겨 두어야 한다. 하늘을 찍고 있으려니 어젯밤 바뜨르한테 들었던 별 이야기가 떠올랐다. 별이 거인의 옷자락 사이로 보이는 불빛이라면 지금 솟아오르고 있는 해는 무엇일까? 그 생각에 어떤 광경 하나가 하늘에 펼쳐졌다.

밤새 들판에 모닥불을 피운 거인은 바뜨르였다. 오지 않는 나를 기다리던 바뜨르는 새벽이 되자 고독에 지친 표정으로 천천히 일어섰다.(바뜨르가 날 기다린다는 상상만으로도 콧속이 알싸해지면서 뭔지 모를 쾌감이 느껴졌다.) 바뜨르는 타다 남은 장작불 한 개를 집어든 채 옷자락을 끌며 천천히 걸어갔다. 또 다시 모닥불을 피워 놓고 나를 기다리기 위한 밤을 향해. 바뜨르가 들고 있는 장작불이 저 해인 것이다. 대지 위로 길게 늘

어난 그림자를 보자 나는 상상 속의 바뜨르처럼 거인족이 된 것 같았다.

2

"엄마, 배고파. 아침 안 먹어?"

아침 먹을 시간인데도 엄마는 일어나지 않았다. 엄마뿐 아니라 아줌마들의 목소리도 들려오지 않았다. 오후에 말 타러 갈 때까지 아무것도 안 한다더니 아침도 안 먹을 줄은 몰랐다. 새벽에 깨워 놓고 딸이 배고프다는데 신경도 쓰지 않는 엄마가 못마땅했다.

"식당 가서 뜨거운 물 달래서 컵라면 먹어."

내가 계속 투덜거리자 엄마는 눈도 뜨지 않고 말했다. 여행와서 빵 아니면 컵라면, 즉석밥 말고 먹은 게 없다. 한국에서는 라면이 몸에 안 좋다고 못 먹게 하더니 여기선 최소한의 엄마 노릇도 작파하려는 모양이다. 라면을 안 먹이고 싶은 사람은 오빠뿐이었는지도 모르겠다. 새벽에 엄마가 내 머리를 쓰다듬었던 것도 자기 침대 찾느라 더듬거린 것에 불과했을 거다.

이게 뭐야? 무슨 여행이 이래! 나는 빈 침대 위에 놓여 있는 컵라면을 한 개 집어 들고 쿵쾅거리며 게르문을 열어젖히고 나가다가 머리를 부딪쳤다. 문이 작아 고개를 숙여야 한다는 걸 깜빡 잊은 탓이다.

인간은 밥만 먹고는 살 수 없는 존재가 분명하다. 배를 채우고 나니 심심해졌다. 바뜨르 생각은 하지 않기로 했고 컴퓨터도 없고 휴대폰도 안 되니 아무것도 할 게 없었다. 혼자 놀기는 그것들이 있어야 가능했다. 휴대폰에 다운 받아 놓은 음악이라도 듣고 싶은데 배터리가 없었다. 충전은 이제 밤에 전기가 들어올 때나 가능했다. 사막이라고 해도 이렇게 아무것도 없고, 쉬러 간다고 했지만 정말 아무것도 안 하면서 쉬기만 할 줄은 몰랐기 때문에 책 한 권 챙겨 오지 않은 게 후회됐다.

게르 안이 점점 더워진다 싶었는데 직원들이 돌아다니며 창문 열듯이 게르 아랫부분의 천을 걷어 올려주었다. 사방으로 바람이 들어오자 한결 나아진 게르 내부에 비해 밖은 햇살이 어찌나 강렬하고 뜨거운지 내다 볼 엄두조차 나지 않았다.

할 일이 그것밖에 없어 침대에 누운 나는 게르의 천장에 뚫린 둥근 구멍으로 하늘을 바라보았다. 이렇게 아무것도 안 하면서 지냈던 적이 내 기억에는 없었다. 기억이 시작되는 순간부터 나는 늘 무언가 해야만 했다. 유치원, 학교, 학원, 학습지, 숙제……. 초딩 때 폐렴으로 입원했을 때조차 나는 엄마가 같은 반 아이한테 알아온 숙제를 했다. 좋아서 하는 팬카페 활동이나 팬픽 쓰는 일도 아무 강박 없이 자유롭기만 한 건 아니었다.

귀에 들려오는 소리라도 있으면 무언가 하고 있다는 기분이 들 텐데 세상은 음소거를 한 텔레비전 화면처럼 적막에 잠겨 있었다. 정체가 뚜렷하지 않은 불안함이 드라이아이스처럼 스멀스멀 몰려왔다. 그 기분을 떨쳐내기 위해 몰두할 것을 찾던 나는 게르 내부를 찬찬히 살펴보기 시작했다.

게르의 원리는 텐트와 비슷했다. 펼친 우산 모양의 둥근 천장과 원통형의 벽으로 만들어진 나무틀 위에 짐승 털로 만든 것 같은 천이 덮여 있었다. 원통형의 벽은 줄였다 늘였다 할 수 있는 마름모꼴 옷걸이 같은 모양으로 이루어져 있었고 천장에는 특대형 사이즈 피자만 한 둥근 구멍이 뚫려 있었다. 문과 침대, 천장을 받치고 있는 나무틀엔 우리나라 절에 있는 단청처럼 화려한 문양이 그려져 있었다. 추우면 가운데 있는 난로에 불을 피우고 더우면 지금처럼 천장과 아랫부분의 천을 걷으면 된다고 했다.

아무리 봐도 게르는 목초지를 찾아 떠돌며 언제든지 펼쳤다 거뒀다 하기에 적절한 야영용 공간이지 안정된 집처럼 느껴지지는 않았다. 바뜨르 말에 의하면 유목민들은 게르 한 채에서 3대가 같이 살기도 한다고 했다. 이런, 그렇게 조심했는데 바뜨르가 튀어나왔다. 가이드니 어쩔 수 없잖아. 보라구, 지금 내가 한 생각에 조금이라도 감정이 묻어 있나. 바뜨르 생각을 했다고 뭐라 하는 사람도 없는데 나는 변명을 하고 있었다.

어쨌든 튼튼한 시멘트 건물, 차단된 벽과 잠긴 문, 그 안을 가득 채운 물건들 속에서 살고 있는 나로서는 이렇게 불편한 시설이 어떻게 일상적인 공간이 될 수 있는지 이해가 되지 않았다. 내 공간 하나 없는 게르에서 살았다면 난 분명히 비뚤어졌을 것이다.

3

바쁘르에 대한 관심을 접기로 한 순간부터 시간은 느린 화면처럼 더디게 흘렀다. 아무리 느려도 시간은 흘러 점심시간이 됐다. 실컷 자고 일어난 아줌마들은 디너파티에 초대라도 받은 모양새로 분단장을 마치고 식당으로 몰려들었다. 엄마 역시 어제보다 더 화사하게 화장을 하고 있었다. 설마설마했는데, 계속 멋을 부리는 걸 보면 바쁘르한테 잘 보이려고 그러는 게 분명했다. 아들뻘 되는 가이드에게 빠져 정신 못 차리는 아줌마들이 한심하다 못해 천박해 보였다.

아줌마들이 가이드한테 잘 보이려고 덕지덕지 파운데이션을 바르고 스카프로 목주름을 가릴 때 나는 오전처럼 명상을 하고 자아성찰을 하며 고비 사막에서의 시간을 보낼 것이다. 식당에서도 바쁘르의 눈치를 보거나 관심을 끌려고 애쓰는 대신 조용하고 기품 있게 밥만 먹고 나와야지. 내가 뿜어내는 우아한 아우라에 바쁘르가 혹해도 내 책임은 아니다. 만일 바쁘르가 내게 관심을 보이면 풀잎 같은 열다섯 살에게 스물세 살은 너무 늦은 나이란 걸 똑똑히 알려 주고 돌아서겠다.

마음을 다지고 다졌음에도 식당에서 바쁘르가 싱그럽게 웃으며 잘 잤냐, 잘 때 춥지 않았냐고 물어왔을 때 나는 다리의 힘이 풀렸고 지금까지 했던 결심이 와르르 무너졌다. 그리고 바쁘르를 이대로 포기하고 싶지 않다는 생각이 아프게 다가왔다. 사실 바쁘르가 나를 어떻게 생각하는지 확실하게 아는 건 하나도 없었다. 바쁘르를 지레 포기하는 대신 처음처럼 희망을 갖기로 했다. 그 생각만으로도 기운이 났다. 바쁘르를 포기했던 짧은 시간 동안 나는 바뜨르를 좋아하고 관심 받기 위해 노력하는 것 자체가 기쁨이고 힘이란 사실을 깨닫고 있었다.

그동안 너무 성급했다. 숭늉을 마시기 위해선 쌀부터 씻어 밥솥에 안쳐야 한다. 그런데 난 빈 밥솥 옆에서 숭늉을 찾고 있었던 것이다. 먼저 자연스럽게 친해진 다음 헤어질 때쯤 바뜨르에게 고백하는 거다. 좋아하고 있다고. 그러니까 오빠 동생처럼 지내며 내가 스무 살이 될 때까지 기다려 달라고. 열 살이었을 때가 엊그제 같으니 스무 살은 내일모레쯤 같을 거다. 요새처럼 글로벌한 세상은 국제 연애하기도 어렵지 않다. 그동안 메일이나 전화, 페이스북으로 만나면 되잖아. 대학생이 되면 열심히 아르바이트해서 몽골로 올 수도 있다. 학교를 졸업한 바뜨르가 한국에 취직해서 온다면 더 바랄 게 없겠다.

생각에 사로잡혀 아줌마들이 떠드는 소리도 들리지 않았고 바뜨르가 뭘 하는지 살필 생각도 나지 않았다. 나는 바뜨르를 포기했을 때 그러기로 한 것처럼 조용히 밥만 먹었다.

4

점심을 먹고 게르로 돌아오자 다시 심심해졌다. 말 타러 가기로 한 다섯 시가 될 때까지 또 쉬기로 했다. 바뜨르도 낮잠을 자겠다며 식당에서 곧바로 숙소로 갔다. 자연스럽게 친해지려고 해도 벌판에 달랑 게르뿐인 고비에서는 해 볼 게 없었다. 바뜨르를 만나려면 숙소로 찾아가거나 엄마나 아줌마들 다 알게 해야 한다. 둘 다 할 수 없는 일이었다.

그건 그렇고 오전 내내 잔 아줌마들이 또 쉰다는 건 오늘 밤의 캠프파이어를 위해 체력을 비축하려는 속셈이다. 할 게 없어서 잤던 거지 밤 체력으로 치자면 올빼미 족인 나를 따라오지 못할 거다. 아줌마들을 떼어 내고 바뜨르와 둘이 이야기할 수 있는 기회는 오늘뿐이다. 기회란 잡으라고 있는 거다. 그때 쑥스럽지 않으려면 말 타러 가서 자연스러운 사이로 만들어야 한다. 지금까지의 경험으로 보아 너무 준비하고 기대하면 오히려 잘 안 풀리니 편하게 있다 분위기 흘러가는 대로 해야겠다.

이를 닦고 온 엄마는 아줌마들 게르로 놀러간다고 했다. 이상하게 엄마만 보이면 바뜨르 생각으로 슬프거나 아프거나 기쁘거나 설레는 나는 어디로 가고 엄마 때문에 짜증나는 나만 남았다. 엄마가 내 옆에 있는 것도, 없는 것도 다 마음에 들지 않았다.

"그럼 나는 뭐 하라고!"

나는 소리를 꽥 질렀다.

"그럼 따라가든지."

엄마가 분첩으로 얼굴을 두드리며 말했다. 분을 덧바르니 얼굴만 하얀 것 같다며 입술도 다시 칠했다. 이제는 아줌마들끼리 모일 때도 꽃단장을 하기로 했나 보다. 엄마를 따라가 봤자 한옆에 찌그러져 썰렁하고 유치한 농담에도 억지로 웃어야 하는 박수, 아니 웃음 부대밖에 할 게 없다.

"따라가서 뭐 하라고!"

"그러게 책 좀 챙겨 오라고 했잖아. 모처럼 뒹굴뒹굴 쉬면서 책도 읽고 하면 좀 좋아?"

엄마가 콤팩트 뚜껑을 닫으며 나무라듯 말했다. 어이가 없다. 엄마는 내가 여기 와서도 영어 단어장이나 수학 문제집을 들여다보고 있으면 좋다고 할 거다. 아무것도 안 하면 불안한 게 다 내가 잠시도 노는 꼴을 못 보고 들볶아 댔던 엄마 때문이다.

"엄마도 안 가져왔잖아."

"나는 안 심심해."

엄마는 수다 떨 아줌마들이 있으니까 심심하지 않겠지. 나도 친구들하고 왔으면 심심할 겨를이 없었을 거다. 아이들도 없는데 날 끌고 왔으면 책임 의식을 가져야 하는 게 아닌가.

"따라와 봐. 혹시 아줌마들한테 책 있으면 빌려 줄게."

게르에 박혀 책이나 읽고 있으면 그게 집에서 공부하는 거와 뭐가 다르냐고 따지고 싶었지만 엄마의 무공감 리액션에 맥이 빠진 나는 차라리 재미난 소설책이 있기를 기대하기로 했다. 아줌마들은 모두 한 게르에 모여 있었다.

"너거들 책 가져온 사람 없나? 다인이가 심심해 죽겠단다."

들보작가 아줌마가 시집이 있다고 했다. 시집이라고? 솔직히 나는 상징이니 은유니 하면서 별것도 아닌 이야기를 못 알아먹게 써 놓은 시들은 딱 질색이다. 먼저 물어봐 놓고 싫다고 하기도 그래서 우물쭈물하고 있는데 카이스트 아줌마가 말했다.

"내한테 춘희 책 한 권 있다. 갖다 보그라."

그건 나쁘지 않다. 들보작가 아줌마가 쓴 소설이 궁금했다.

"춘희 여 있는데 책은 뭐 할라꼬 갖고 왔노?"

"사인 받을라꼬 가져왔다. 춘희야, 니 잊지 말고 사인해 줘야 된디. 우리 준기네 교수한테 줄끼다. 그 교수가 글쎄 니 팬이라카더라."

들보작가 아줌마는 희귀한 자기 팬에 대해서 더 듣고 싶은 표정이었지만 최강동안 아줌마가 눈치 없이 끼어들었다.

"서울에서 받으면 될 거를 와 여까지 갖고 왔노?"

"공항에 일찍 도착해서 서점에 갔다가 생각나서 사 온기다."

카이스트 아줌마가 가방에서 비닐봉지에 담긴 책을 꺼내 주었다.

"선물할 거를 봐도 되겠나?"

엄마 말에 나는 얼른 덧붙였다.

"깨끗하게 볼게요."

"고마 니 해라. 아줌마가 선물할게. 춘희야, 사인은 서울 가서 받을란다."

카이스트 아줌마가 선선하게 말했다.

"고맙습니다."

나는 기왕이면 작가의 사인을 받고 싶었으나 카이스트 아줌마에게 미안한 생각이 들어 그냥 게르를 나왔다.

우리 게르로 돌아와 책을 꺼내 보니 소설이 아니라 여행 산문집이었다. 『나는 바람의 숨결을 보았다』라는 제목과 '네팔, 오지 마을에서 보낸 30일'이란 부제가 씌어 있었다. 표지의 오지 마을 풍경은 고비 사막보다 나을 것도 없었다. 나는 한숨이 나왔다. 솔직히 시 다음으로 질색인 게 산문이다. 시가 은유와 상징으로 불친절하다면 산문은 할머니의 잔소리처럼 읽기도 전에 지루하게 만들었다. 특히 여행 산문집은 제목에 혹해서 몇 권 읽어 봤는데 기껏 여행 가 놓고서는 풍경 대신 진정한 자기 자신과 만났느니, 어쩌느니 엉뚱한 이야기만 하기 일쑤였다. 바람의 숨결 따위나 보았다는 이 책도 지루할 게 뻔했지만 책을 받아온 이상 대강이라도 봐야 할 것 같았다. 무엇을 주었으면 꼭 그에 대한 대가를 바라는 게 어른들이다. 이 책은 대가를 바라는 사람이 쓴 사람과 선물한 사람, 둘이나 있다.

그리고 한편으로는 아무리 작가라지만 엄마 친구인 아줌마가 어떻게 한 달씩이나 집을 비우고 여행을 갔었는지 궁금한 것도 아주 조금은 있었다. 책날개의 소개 글을 보니 아줌마는 네팔에 학교를 세워 주는 봉사에 참여했다가 산골에 있는 마을이 너무 좋아 눌러 지내다 온 거였다. 마음으로의 여행을 기록한 그 책은 예상대로 재미유발지수보다 수면유도지수가 더 높았다.

옆 게르에서 들려오는 와자지껄한 웃음소리에 잠이 깼다. 얼마나 잤는지, 몇 시인지 알 수 없었다. 목이 말랐으나 물병도 비어 있고 여분의 물도 없었다. 생수병 박스가 옆 게르에 있다는 사실이 생각났다.

나는 시간도 알고 물도 마시기 위해 부스스한 몰골인 채 옆 게르로 갔다. 무심코 안으로 들어서는 순간, 번개 맞은 것처럼 정신이 번쩍 든 나는 그 자리에서 없어지고 싶었다. 바뜨르와 눈이 딱 마주쳤기 때문이다. 바뜨르는 아줌마들과 둘러앉아 양

뼈로 만들었다는 몽골 공기로 놀이를 하고 있었다. 어제 오는 길에 들렀던 얼음계곡에서 아줌마들 중 누군가 산 것이다. 가공한 게 아니라 뼈의 어떤 부분이라고 했던 것 같다. 나는 진짜 양 뼈라는 말에 징그러워 만져 보지도 않았다.

엄마가 눈빛으로 용건을 물었다. 나는 대답 대신 엄마에게 눈을 흘기며 한옆에 놓인 박스에서 생수병 한 개를 꺼냈다. 어젯밤 별을 볼 때는 뒤늦게 나타난 바뜨르를 서로 끌어당기던 아줌마들이 내게는 같이 놀자는 말도 없다.

"다인아, 우리 아이스크림 내기하는 거니까 기대해라."

바람맞은 아줌마가 호기롭게 외치며 공깃돌을 던졌다. 그냥 구경이나 하라는 말이다. 바람맞은 아줌마에게도 눈을 흘겨 주고 싶지만 바뜨르 앞이라 참고 최대한 상냥하게 대꾸했다.

"아이스크림 파는 데가 있어요?"

"여기야 없지. 울란바토르 가서 먹을끼다. 지금 편 갈라서 내기 중이다."

"느그 엄마 응원하그라."

그냥 바뜨르랑 놀고 싶다고 솔직하게 말할 것이지, 울란바토르에서 파는 아이스크림을 두고 내기는.

내가 듣보작가 아줌마가 보았다는 바람의 숨결을 자장가 삼아 잔 사이 아줌마들은 바뜨르와 놀고 있었다. 어째서 이런 기회가 내게는 한 번도 오지 않는지 정말 의심스러웠다.

5

말을 타기로 한 곳에 가자 미리 이야기가 돼 있었는지 마부들이 우리 인원수 만큼 말을 끌고 와서 기다리고 있었다. 바뜨르가 직접 고삐로 말을 다루는 요령과 안장 위에 앉는 방법을 설명했다. 시범을 보이느라 말 위로 훌쩍 올라탄 바뜨르는 무대 위의 지노 오빠 못지않게 멋있었다. 캠프파이어를 위해 여기서는 이웃집 동생인 것처럼 편하게 굴어야 한다.

나는 이마에 점처럼 흰 무늬가 있는 흑갈색 말을 골랐다. 상상 속의 나는 그 말을 타고 초원을 달리는데 현실 속의 나는 마부의 도움을 받아 말에 올라타는데도 다리가 덜덜 떨렸다. 등에 앉으니 생각보다 훨씬 높아 말이 조금만 움직여도 긴장으로 온몸에 힘이 들어갔다. 올라타자마자 말이 앞발을 쳐드는 바람에 기절할 뻔한 바람맞은 아줌마는 결국 승마를 포기했다. 아줌마는 죽어도 못 타겠다면서 저녁을 먹기로 한 유목민 게르에서 우리를 기다리겠다고 했다.

그럼 그 말은 바뜨르가 타그라. 그래, 돈 냈는데 그냥 두면 아깝다. 바뜨르, 시범 한번 보여 봐. 아줌마들은 친구가 말을 못 타게 됐는데도 안타까워하기는커녕 잘됐다는 듯이 바뜨르한테 넘겼다. 나는 꿈에서처럼 바뜨르와 나란히 말을 타는 모습을 상상했다. 말을 배워 혼자 탈 수 있게 되면 바뜨르와 함께할 기회가 올 것이다. 아줌마들은 말이 많은 만큼 겁도 많아 마부가 이끄는 대로 끌려갈 게 분명하다.

우리 일행이 모두 말에 오른 뒤 바뜨르가 비어 있는 말 위로 훌쩍 뛰어올랐다. 고삐도 직접 잡았다. 덜덜 떨며 올라타서는 엉거주춤한 자세로 앉아 있는 우리와는 차원이 다른 모습이었다. 마부가 이끄는 말을 탄 우리가 얼마쯤 앞으로 나갔을 때 바뜨르의 말이 치고 나오더니 초원을 달리기 시작했다. 아줌마들이 환호성을 질렀다.

말과 한 몸이 돼 바람처럼 초원을 달리는 바뜨르의 모습은 가슴 떨리도록 멋있었다. 내가 괜히 바뜨르를 좋아하는 게 아니다. 스스로의 남자 보는 눈에 만족한 나는 엄마 사진을 찍는 척하며 바뜨르만 찍었다. 한 손으로만 끈을 잡고 있으니 무섭고 불안해서 사진이 자꾸 흔들렸다. 사진 속에 바뜨르와 함께 달리는 내가 없는 게 안타까웠다. 이따 같이 한 장 찍자고 해야겠다.

시간이 지나는 동안 각자의 적응력에 따라 여기저기 흩어져 말을 타게 됐다. 엄마를 보니 마부 아저씨에게서 고삐를 넘겨받아 혼자 타고 있었다. 자세도 제법 그럴 듯했다. 말 탈 생각에 가슴이 뛴다더니 괜히 폼 잡는 말이 아니었나 보다. 나도 멋지게 타고 싶었지만 말이 말썽이었다. 제일 멋져 보여 고른 말이 어찌된 게 마부 아저씨의 말도 제대로 듣지 않고 자기가 하고 싶은 대로 했다. 말을 바꾸고 싶었지만 통역을 해 줄 바뜨르는 초원이 좁아라 누비고 있었다. 아줌마들은 물론 엄마도 자기 말 타느라 바뜨르 감상하느라 또 내 존재를 잊은 듯했다.

솔직히 나는 이번 여행에 아이가 나 혼자라 심심하기도 하겠지만 그 대신 공주 대접을 받을 줄 알았다. 그런데 아줌마들은 거울도 안 보는지 자기네들이 공주인 줄 착각하고 있었고 바뜨르는 왕자였다. 나는 궁궐로 청소하러 다니는 하녀만큼도 관심을 받지 못했다.

이제는 말까지도 날 무시해 물 마신 웅덩이 앞에서 꿈쩍도
하지 않았다. 마부가 채찍질을 해도 약간 움직이는 시늉만 할
뿐 말은 웅덩이 근처를 떠나지 않았다. 엉덩이 아파가며 이런
말을 타느니 걸어가는 게 나을 것 같아 나는 마부에게 내리겠
다고 손짓 발짓으로 말했다. 거의 다 내린 순간 말이 펄쩍 뛰는
바람에 나는 땅바닥에 나뒹굴고 말았다. 그때 내 입에서보다
아줌마들 사이에서 먼저 비명이 들려 왔다.

나는 회심의 미소를 지었다. 사람들이 나를 본 것이다. 이제
엄마보다 가이드인 바뜨르가 먼저 바람처럼 달려올 것이다. 그
리고 나를 번쩍 안아 올려 자기 말에 태우겠지. 여기까지 억지
로 만든 기회, 분명히 아니야. 저절로 온 기회를 붙잡기 위해
조금 더 아픈 척하는 것쯤은 괜찮겠지. 발목을 만지며 그 자리
에 앉아 있는데 내게 신경을 써야 할 마부가 갑자기 내 말에 올
라타더니 달려가 버렸다. 어이가 없어 그쪽을 쳐다보니 바뜨르
가 말에서 떨어져 비탈길을 구르고 있었다. 깜짝 놀라 일어서
려던 나는 엄마가 내게로 오는 것을 보곤 다시 주저앉았다.

"많이 다쳤어?"

엄마가 말에서 내리며 물었다. 엄마가 달려와 준 것 때문에
마음이 약간 풀어진 나는 엄살은 부리지 않기로 했다. 엄마의
부축을 받고 일어나 보니 발목이 약간 시큰한 것 빼곤 걸을만
했다. 내가 괜찮다는 걸 알자 엄마의 관심은 바뜨르에게로 쏠
렸다. 나도 마찬가지였다. 바뜨르가 많이 다쳤을까 봐 걱정이
됐다.

잠시 뒤 바뜨르가 마부의 부축을 받고 절뚝거리며 왔을 때 아줌마들은 각기 일회용 밴드와 상처난 데 바르는 연고, 손수건을 꺼내 들고 치료해 주겠다고 나섰다. 아무것도 없는 아줌마들은 마음으로라도 고통을 나누겠다는 자세로 머리를 디밀었다. 바뜨르는 한없이 민망한 기색이었다. 모두 보는 앞에서 떨어졌으니 아픈 것보다 쪽팔린 게 더 클 것이다. 그럴 때는 나처럼 가슴 아프지만 모르는 척해 주는 게 예인데 아줌마들이 그런 걸 알 리 없다.

　하지만 아줌마들이 부러운 건 사실이었다. 아줌마들은 아들 같다는 핑계를 내세워 바뜨르에게 하고 싶은 말과 행동을 마음껏 할 수 있었다. 어떤 무기로도 뚫을 수 없는 방패로 바뜨르를 에워싼 아줌마들이 내 나이보다 더 강적인 것 같았다.

6

　저녁을 먹기로 한 유목민 게르는 월요 아저씨네 친척집이었다. 실제 유목민 게르를 구경하는 것까지는 좋은데 그곳에서 식사도 하기로 한 건 좀 짜증 났다. 캠프파이어를 위해 바뜨르를 얼른 숙소에서 쉬게 해 주고 싶었다.

　월요 아저씨 친척들은 우리를 반겨 주었다. 외지에 나가 있는 큰아들과 큰딸을 빼놓고 다섯 식구가 산다는 실제 살림집인 게르 안은 캠프의 게르와는 많이 달랐다. 남쪽으로 난 문에서 바라다보이는 곳에는 달라이 라마 사진과 향불, 조화 같은 것으로 장식해 놓은 신단 같은 게 꾸며져 있었다. 별다른 표시 없이 서쪽은 남자들의 공간이고 동쪽은 여자들의 공간이라고 했다. 그 말을 듣고 보니 동쪽에는 주방 기구들이, 서쪽에는 말안장 같은 물건들이 있었다.

주방의 공간에서 안주인이 우리에게 줄 만두 같은 걸 만들고 있었고, 내 또래쯤 돼 보이는 여자 아이가 수줍은 얼굴로 우리를 슬쩍슬쩍 봐 가며 자기 엄마를 돕고 있었다. 게르 안에는 10대 여자 아이가 있다는 걸 알 만한 물건들이 하나도 보이지 않았다. 이런 공간에서 할머니와 부모님 그리고 남동생과 같이 말과 양을 치며 살면서도 불만스러운 기색이 없는 게 신기했다. 남들 앞이라 억지로 참고 있는 것 같지도 않았다. 나 같았으면 가축을 팔든, 말을 타고든 벌써 달아났을 것이다.

우리에게 그 집 할머니가 마유주인 아이락을 주었다. 캠프에서 그 맛을 이미 경험한 아줌마들은 난감한 표정을 지었지만 첫날처럼 노골적으로 거부하지는 않고 조금씩 마셨다. 내가 간신히 한 모금 마신 뒤 엄마에게 넘겨주자 할머니는 몽골의 전통 우유 과자인 아롤이라는 것을 주었다. 내가 어리다고 특별히 준 것 같았지만 그 맛도 이상한 건 마찬가지였다.

아줌마들과 나는 델이라는 몽골 전통 의상을 빌려 돌아가며 입고 사진을 찍었다. 바뜨르가 다리를 절뚝거리며 우리의 단체 사진을 찍어 주었다. 우리는 바뜨르와 월요 아저씨는 물론 아저씨의 친척들과도 사진을 찍었다. 바뜨르와 단둘이 사진을 찍고 싶었지만 끝내 말하지 못했다.

시간이 흐른 뒤 음식이 나왔다. 몽골 음식에 도전해 보기로 단단히 결심했지만 냄새 때문에 구토가 나려고 했다. 억지로 먹은 아롤 때문에 더했다. 나는 더 있다가는 토할 것 같아 엄마에게 눈짓으로 나가 있겠다고 했다. 엄마도 어쩔 수 없는 일이었다. 몽골 음식을 잘 먹지 못하던 아줌마들도 이제는 괜찮은 모양이었다.

나는 이제 식탁에서도 왕따가 됐다. 아줌마들은 사진 찍으랴, 음식 먹으랴, 품평회 하랴, 수다 떨랴, 내게는 관심 가질 겨를도 없었다. 슬그머니 자리를 벗어나는데도 아무도 몰랐다. 차라리 그게 나았다. 바뜨르 앞에서 몽골 음식 못 먹는 걸로 주목 받고 싶진 않았기 때문이다.

나는 사람들 눈에 띄지 않게 게르 뒤편으로 갔다. 그쪽은 완만한 경사의 구릉으로 이어져 있었다. 언덕 너머에 무엇이 있을지는 그다지 궁금하지 않았다. 낮은 언덕 하나 넘었다고 지금까지와 다른 풍경이 펼쳐질 리는 없었다. 나는 그저 아줌마들의 시선으로부터 떨어진 곳, 음식 냄새가 따라오지 않는 곳으로 가고 싶어 언덕을 올라갔다. 예상대로 여태 보아 온 것과 조금도 다르지 않은 광경이 눈에 들어왔다. 나는 게르 반대쪽의 구릉 비탈에 앉았다. 보이지 않으니 아줌마들의 꽹과리 같은 목소리마저 들리지 않는 것 같았다.

조금 앉아 있자 서쪽 하늘이 붉게 물들기 시작했다. 어제 저녁때와 같은 노을이었다. 오늘 새벽 일출을 보며 했던 생각이 떠올랐다. 하늘이 저렇게 붉은 건 거인이 다시 모닥불을 피우기 시작했기 때문이야. 끝없는 들판에 혼자 외롭고 쓸쓸하게 앉아 있을 거인을 떠올리자 다시 코끝이 매콤해지면서 그의 고

독이 내 것인 양 느껴졌다. 나는 누군가를 좋아하는 게 이토록 쓸쓸한 일이라는 걸 처음 알았다. 바뜨르가 없었다면, 바뜨르를 좋아하지 않았다면 이번 여행이 심심하고 지루했을지는 몰라도 쓸쓸하지는 않았을 거다. 그런데 이상하게 그 감정이 나쁘지 않았다. 심지어 바뜨르 때문에 들뜨고 흥분한 나보다 쓸쓸함 그 자체인 듯 노을진 언덕에 홀로 앉아 있는 내가 더 마음에 들었다. 웃고 떠들며 먹어 대고 있을 아줌마들은 물론, 예전의 나보다도 한층 고결해진 느낌이었다.

하지만 마구 달려드는 모기떼가 날 계속 고결한 영혼에 머무르게 내버려 두질 않았다. 손을 휘저어 모기떼를 쫓다가 내 옆에 와 있는 바뜨르를 발견했다. 나는 언제나처럼 꿈이거나 상상일 거라고 생각했다. 꿈속의 바뜨르가 양인지 염소인지 모를 고기를 꿰어 구운 꼬치구이가 담긴 그릇을 든 채 내 옆에 앉았다. 바뜨르가 내 옆에 앉았다. 이제 꿈에서 깨겠지. 그 순간 종아리가 따끔했다. 모기가 문 모양이다. 아픈 걸 보니 꿈이 아니다. 그래도 나는 바뜨르와 단둘이 있는 게 현실임을 믿지 못했다.

"저녁 안 먹으면 어떻게 해요. 이 고기 냄새 조금만 나요. 먹어 봐요."

바뜨르가 꼬치구이 한 개를 내게 주었다. 꼬치가 분명히 내 손에 있었다. 꿈이 아니라는 게 확실해지자 나는 바뜨르네 나라의 음식이 냄새 난다고 피해 있는 게 부끄럽고 미안해졌다. 꼬치를 받아든 나는 눈을 질끈 감은 채 고기 조각 하나를 빼 먹었다. 구운 고기는 바뜨르의 말처럼 냄새도 안 나고 먹을 만했다. 내 표정을 지켜보던 바뜨르가 웃었다. 나는 조금 전 눈을 질끈 감았던 것도 미안해졌다. 고기를 한 조각 더 빼 먹으며 머릿속을 더듬었다. '고맙습니다'가 뭐였더라. 생각났다.

"바야랄랄라."

몽골어로 말했다. 아줌마들이 배울 때 주워들은 거였다. 언제 써먹을까 했는데 아줌마들은 말을 탈 때도, 유목민 게르에 와서도 틈만 나면 몽골말을 했다. 하지만 제대로 맞게 사용하는 걸 본 적이 없었다.

"그거 아니고 바야를랄라."

바뜨르가 웃으며 바로 잡아주었다.

"아참, 바야를랄라. 오빠도 드세요."

노을 덕분에 나는 빨개진 얼굴을 감출 수 있었다. 내 말에 바뜨르도 꼬치구이를 먹기 시작했다. 우리는 눈이 마주칠 때마다 웃었다. 바뜨르의 팔뚝에 여자 손수건이 묶여져 있었고 수건 사이로 살이 벗겨진 상처가 보였다. 창피할까 봐 내가 그 상처를 모르는 척한 것처럼 바뜨르도 천지를 울리듯 뛰는 내 심장 소리를 모르는 척해 주길 바랐다.

상상하고 또 상상하던 순간이었지만 막상 단둘이 있게 되자 머릿속이 하얘져 함께하고 싶었던 것들이 하나도 생각나지 않았다. 나는 초원을 뒤덮을 듯이 긴 우리의 그림자가 나란히 있는 것만으로도 충분히 행복했다.

넷째 날_ 사막의 신기루

1

차 소리에 잠이 깼다. 어젯밤 캠프에 단체여행객 팀이 들어왔는데 일찍부터 움직이나 보다. 이상하게 고비 사막에서는 귀도 더 잘 들리고 더 멀리까지 보였다. 들을 것도 볼 것도 없는 곳에서 귀와 눈이 더 밝아지다니 아까운 일이다. 게르 안이 조용한 걸 보니 엄마도 아직 취침 중인 모양이다. 문틈으로 햇살이 새어 들어왔다.

나는 똑바로 누워 가슴 위로 손을 모은 채 노을진 언덕을 떠올렸다. 나와 바뜨르가 나란히 앉아 있는 풍경이었다. 밤새 모닥불을 피워 놓고 날 기다리던 바뜨르와 드디어 만난 것이다. 상상이나 꿈이 아닌 그 기억은 자면서도 나를 미소 짓게 했다. 어제 아침까지 헛꿈만 꾸었다면 오늘 아침의 이 설렘은 구체적인 증거가 있는 감정이다. 나는 이불을 꼭 끌어안았다.

그때 게르 문이 열리며 엄마가 들어왔다.

"어? 자는 거 아니었어? 어디 갔다 와? 날씨 좋지?"

나는 기분이 좋아 엄마에게 말을 걸었다. 엄마가 아니라 다른 사람이었다고 해도 나는 벅찬 감정을 이기지 못해 말을 쏟아 놓았을 것이다.

"바뜨르 배웅하고……."

엄마가 중얼거리듯 말하며 자기 침대로 갔다. 처음엔 그게 무슨 말인지 이해할 수 없었다. 배웅이라고? 바뜨르를? 바뜨르가 어디 갔다 왔나? 아니, 배웅은 가는 사람한테 하는 거잖아. 그럼 모래사막에 답사라도 갔나? 나는 달콤한 잠의 기운이 심술궂은 바람에 쓸려가듯 사라져가는 것을 짐짓 모르는 척하며 물었다.

"어디 갔는데?"

"울란바토르."

엄마가 침대 위를 정리하며 대답했다.

"뭐? 왜?"

나는 벌떡 일어나 앉았다.

어제 캠프로 돌아오니 아홉 시가 넘어 있었다. 갑자기 날씨가 돌변해 비가 쏟아질 것처럼 바람이 불고 구름이 잔뜩 끼어 별도 보이지 않았다. 캠프파이어는 다음날로 미뤄졌고 아줌마들은 바뜨르를 푹 쉬라며 숙소로 들여보냈다. 나는 캠프파이어를 못해도 좋았다. 바뜨르와 함께 붉은 노을빛으로 물든 언덕에 앉아 보낸 시간이 꿈만 같아 조용히 그 순간을 다시 음미하며 내 것으로 각인해 두는 시간이 필요해서였다. 그리고 다음

날은 그동안과 다른 하루가 될 거라고 믿어 의심치 않았다. 그런데 바뜨르가 우리, 아니 나를 남겨 두고 울란바토르로 돌아가다니.

엄마가 그 이유를 들려줬다. 생각보다 바뜨르의 발목 부상이 심했고 밤사이 더 악화돼 지금 막 울란바토르로 돌아가는 여행팀의 가이드와 바꿔 떠났다는 것이다.

"그런 게 어딨어? 어제는 괜찮았잖아."

"내색 안 하고 움직이길래 그런 줄 알았는데 아니었나 봐. 좀 전에 보니까 발목이 퉁퉁 부어서 제대로 디디지도 못하더라."

노을진 언덕을 떠날 때 절뚝거리기는 했었다. 그래도 그 정도로 심할 줄은 몰랐다. 창피할까 봐 아는 척하지 않은 게 후회스러웠다. 아픔은 나눌수록 줄어드는 거랬는데. 바뜨르는 아픈 다리로 나를 위해 그곳까지 와 준 거였다. 그런 바뜨르가 떠나다니.

"나 왜 안 깨웠어?"

수없이 상상해 본 이별 장면에는 없던 마지막이었다.

"너 자는 거 깨우면 짜증내잖아. 어젯밤 춘희 아줌마 게르에서 작별 인사 다 나누고 해서 아침에 따로 안 하기로 했는데 일찍 깨서 보고 온 거야."

이유가 어떻든 나를 깨우지 않은 엄마가 원망스러웠다.

"무슨 말 없었어?"

바뜨르가 나한테 아무 말도 남기지 않은 채 떠났을 리가 없다.

"미안하대지 뭐. 끝까지 책임지지 못하고 가서 속상하고 미안하대."

엄마는 다 정리된 이부자리를 계속 이리저리 만지며 말했다. 그러느라 엄마가 내 모습을 보지 못해 다행이었다.

끝까지 책임지지 못하고 가서 속상하고 미안하단다. 나는 침대에서 내려와 문 쪽으로 걸어갔다. 게르 문을 열어젖히자 하늘과 땅 사이의 텅 빈 공간으로 점 같은 게 먼지를 일으키며 사라져가는 게 보였다. 아니 보이는 듯했다.

2

우리는 아침을 먹은 다음 예정대로 모래사막에 가기 위해 차 있는 곳으로 갔다. 바뜨르와 해 보고 싶었던 많은 일들이 대상을 잃은 채 마음을 어지럽혔다. 다리에 힘이 하나도 없었다. 바뜨르와 친해지고 싶었던 지난 사흘은 거센 물살처럼 빠르게 흘러갔는데 바뜨르 없이 보내게 될 사흘은 벌써부터 정지된 화면처럼 지루하게 느껴졌다.

우리를 맞이하는 새 가이드를 보는 순간 화면은 정지만 된 게 아니라 흑백으로까지 바뀌었다. 차멀미 때문에 앞에 앉아 새 가이드와 마주하지 않아도 되는 최강동안 아줌마가 부러울 지경이었다. 남자다워 보이고 신뢰감을 주었던 바뜨르의 까무잡잡함에 비하면 평범한 인상을 우락부락해 보이게 할 뿐인 거무튀튀한 얼굴의 가이드는 서른네 살이라는데 마흔 살도 넘어 보이는 아저씨였다. 니르구이라는 이름은 이름이 없다는 뜻이라고 했다.

"몽골 사람들, 애기 태어나면 병들거나 죽지 말라고 귀신한 테 우리 애기 없어요 하면서 애기 조금 클 때까지 니르구이라 고 불러요. 그런데 우리 아버지 돌아가셔서 새 이름 못 짓고 니 르구이가 진짜 이름 됐어요."

새 가이드는 별로 궁금하지도 않은 자기 이름에 대해 주절 주절 설명했다. 바뜨르의 영웅이라는 뜻에 비하면 새 가이드는 이름마저 별 볼일 없었다. '히어로입니다.' 하고 할 말만 해서 더 멋있던 바뜨르가 없다는 게 실감났다.

"우리도 귀한 자식한테 개똥이니 쇠똥이니 하고 불렀잖아. 그런 긴가 보다."

"그런갑다."

"몽골 풍습하고 우리나라 풍습하고 비슷한 게 많아. 생김새 도 많이 비슷하잖아."

이름없는 아저씨의 옆과 맞은편에 앉아 있던 듣보작가 아줌 마와 카이스트 아줌마 외에는 말하는 사람이 없었다. 듣보작가 아줌마가 말한 생김새라는 단어가 니르구이의 정 안 가는 얼굴 을 다시 한 번 상기시켜 주었는지 더 이상 아무도 대꾸하지 않 았다. 바뜨르가 있을 때에 비하면 너무나 썰렁하고 심드렁한 반응들이었다. 하이에나 떼처럼 달려들어 바뜨르의 신상을 털 었던 아줌마들이 새 가이드에겐 아무 질문도 하지 않았다. 나 는 그런 아줌마들을 흉볼 기분도 나지 않았다. 오히려 가장 기 대했던 모래사막으로 가는데도 축 쳐져 있는 아줌마들에게 처 음으로 동지애를 느꼈다.

우리나라 가구 공장에서 5년 동안 일한 경험이 있다는 이름 없는 아저씨는 교과서로 배운 바뜨르보다 한국말이 자연스러 웠다. 그런데 눈치가 없는 건지, 가이드의 임무를 다하려는 건 지 말이 많아 귀찮았다. 이름없는 아저씨네의 부모님과 친척들 은 지금도 유목 생활을 하고 있다고 했다. 그게 싫어서 도시로 나와 일을 하고 한국에도 갔었지만 자식들이 다 크면 다시 초 원으로 돌아가고 싶다고 했던 것 같다.

나는 곧 이름없는 아저씨에 대한 최소한의 관심도 잃은 채 창밖만 내다보았다. 빈 도화지에 크레파스로 가로선을 그어 놓 은 것처럼 반은 하늘이고 반은 땅인 단순한 풍경 속에 아주 가 끔 가다 말이나 양 떼가 있는 게르가 한 채씩 들어왔다. 문득 그곳에 사는 사람들은 어떻게 살아갈까 하는 생각이 들었다.

만일 이 게르에 사는 아이가 저 게르에 사는 친구네로 걸어 서 놀러 가려면 아침 먹고 출발해야 점심 먹을 때 간신히 도착 하겠지. 그리고 조금 놀다 돌아서야 저녁 먹기 전에 집에 돌아 올 수 있을 것 같았다. 아이가 친구와 헤어진 뒤 들판을 혼자 걸을 때 느낄 외로움이 실제로 손에 잡히는 물체인 듯 생생하 게 느껴졌다.

3

드디어 모래사막에 도착했다. 평지가 아니라 언덕으로 이루 어져 있어 마치 모래 산처럼 여겨지는 기슭에는 낙타를 태워 주는 사람들과 토속 기념품을 파는 아이들이 있었다. 이름없는 아저씨가 낙타를 탈 거면 흥정해 주겠다고 했다. 그 사이에도 아저씨는 혹이 두 개인 쌍봉낙타는 고비에만 있다는 이야기로 가이드의 본분을 다했다. 아줌마들은 고개를 가로저었다. 쌍봉이든 단봉이든, 사막의 상징이었던 낙타는 아줌마들에게 아무관심도 받지 못했다.

"너, 타 볼래?"

엄마가 내게 물었다.

나도 고개를 흔들었다. 새로운 시도를 해 볼 흥이 나질 않았다. 만 투그릭을 불렀던 낙타 주인은 우리가 관심 없어 하자 따라오며 팔천 투그릭, 칠천 투그릭으로 값을 내렸다. 기념품 파는 아이도 자잘한 물건들이 담긴 상자를 목에 걸고 따라왔다.

"사고 싶은 거 있어?"

전에는 조잡스럽다며 못 사게 하던 엄마가 갑자기 후해져 물었다. 나는 사고 싶은 것도 없었다.

아줌마들은 낙타를 타는 대신 낙타처럼 터벅터벅 모래 언덕을 오르기 시작했다. 나도 묵묵히 붉은 기가 감도는 고운 모래밭에 남은 엄마의 발자국을 따라 디디며 걸음을 옮겨 놓았다. 뜨겁고 서늘한 감촉의 모래가 뒤섞여 신발 속으로 흘러들었다. 햇볕에 달구어진 모래의 겉은 뜨겁고 속은 차가웠다.

꼭대기에 올라가자 언덕 아래에서 생각했던 것보다 훨씬 더 넓은 모래사막이 환상적인 물결을 이루고 있었고 그 너머로는 또 다시 초원이 펼쳐져 있었다. 멋진 풍경에 대한 감탄보다 막막함이 먼저 가슴을 채웠다. 텅 빈 공간 때문이었다. 고비에 도착한 이래 계속 봐 온 풍경인데 유난히 더 넓고 허전해 보이는 건 바뜨르가 없어서일까?

바람이 불었다. 그 바람은 우리의 머리카락과 옷자락을 휘날리게 했고 모래 바람을 일으켰다. 이름없는 아저씨가 귀를 기울이면 바람에 모래 알갱이들이 부딪히는 소리가 날 거라고 했다. 나는 바람 속에서 그 소리를 가려낼 수 없었다.

"고비 사람들, 여기 홍고린 엘스, 노래하는 모래 언덕이라고 불러요."

이름없는 아저씨는 계속 따라다니며 설명을 하고 원하는 사람들의 사진을 찍어 주었다. 아줌마들은 다시 여느 때처럼 웃고 떠들어 댔지만 내 기분이 그래서인지 활기보다는 공허함이 느껴졌다. 기운을 북돋우려는 안간힘 같기도 했다. 나는 카메라를 가져간 엄마가 시키는 대로 앉으라면 앉고 서라면 서서 혼자, 짝 지어, 또는 다 같이 사진을 찍었다. 햇살이 얼마나 따가운지 화상을 입기 전에 찔려 죽을 것 같았다.

모래 언덕에 나란히 앉아 단체 사진을 찍었다. 사진을 찍고 난 뒤에도 일어서는 사람이 없었다. 마지막 기운까지 짜내 웃고 떠들었기 때문인지도 몰랐다. 나도 엄마 곁에서 발을 모래 속에 파묻은 채 하염없이 초원을 바라보았다. 오늘 아침 하늘과 땅 사이로 사라진 바뜨르가 다시 나타나기라도 할 것처럼.

그런데 지평선 끝에 무엇인가 어룽거리는 게 나타났다. 나는 눈을 깜빡이며 자세히 보았다. 너른 호수와 섬 같았다. 지평선에 호수라니. 나는 내 눈이 의심스러워 눈을 가늘게 떴다 크게 떴다 하며 그 모습을 지켜보았다. 분명히 햇빛을 받아 반짝이는 호수와 섬이었다.

"저거 신기루 맞제? 느그들도 보이나?"

바람맞은 아줌마의 흥분한 목소리를 듣고서야 나는 내가 보고 있는 것이 고비에 처음 오던 날 들은 신기루임을 알아차렸다. 여행객을 홀린다고 했던가.

"참말로 신기하네. 몽골말로 찌리레라고 했제?"

그걸 알려 주던 바뜨르의 목소리는 생각나는데 이상하게도 얼굴은 떠오르지 않았다. 내 머릿속에 떠오르는 사람은 분명히 야누스의 지노 오빠였다.

우리의 궁금증을 하나라도 놓칠세라 집중하며 따라다니던 이름없는 아저씨가 쯔리레라고 정정해 주었다.

"맞다, 쯔리레."

"보인다, 보여! 산하고 강물하고 있는 게 꼭 양수리 같다."

"내는 도시 같은데. 한강변 같다."

"참말로 신기하다. 그래서 신기루라고 하는갑다."

"어디? 어디? 내는 안 보인다."

나는 그것이 바뜨르가 내게 남기고 간 선물이라도 되는 양 숨을 죽인 채 바라보았다.

4

그때 음악 소리가 들려왔다. 처음엔 이름없는 아저씨가 말한 모래 언덕의 노래인 줄 알았는데 마두금이라는 악기 소리라고 했다. 모래 언덕 기슭의 땡볕에서 몽골 사람이 해금처럼 생긴 악기를 연주하고 있었다. 여행자 두 명이 그 앞에서 구경하고 있었다.

"원래 마두금, 말 뼈하고 가죽하고 힘줄하고 털로 만들어요. 손잡이 끝에 말머리 조각 있어서 마두금이라고 부르는 거예요."

이름없는 아저씨의 설명이 다 끝나기도 전에 최강동안 아줌마가 소리쳤다.

"수호의 하얀 말에 나오는 얘기 아닌가? 금란아, 니도 그 그림책 알제?"

"그래. 독서 지도사 교육 받을 때 공부한 책이다."

그림자 아줌마가 말했다. 나도 그 책을 알았다. 방문대여 도서에 있었던 책인데 오빠가 읽어 주었다. 여행 와서도 그 책이 떠오르지 않았던 걸 보면 배경이 몽골이라는 사실도 몰랐던 거다.

수호는 양치기 소년이었다. 어느 날 양 치러 들판으로(내 눈앞에 있는 저런 들판이었을 것이다. 그러자 책에 대한 기억이 좀 더 뚜렷해졌다.) 나갔다가 하얀 망아지를 주워 온다. 수호는 그 망아지를 아주 사랑했다.(내가 인형 다정이를 사랑했던 것처럼, 오빠가 공룡 모형들을 아꼈던 것처럼.) 세월이 흘러 늠름한 청년이 된 수호는 하얀 말을 타고 말 타기 대회에 나간다. 수호는 바람처럼 달려 1등을 한다.(바뜨르 같았을 것이다. 그런데 바뜨르는 어쩌다 말에서 떨어졌을까? 다치지 않았으면 지금 여기서 함께 신기루를 보고 있을 텐데. 이게 다 말을 타 보라고 부추긴 아줌마들 탓이다.) 하얀 말이 탐난 원님이 수호를 마구 때리고 말도 빼앗아 버린다.

수호는 하얀 말을 잊지 못했다.(나도 바뜨르를 잊지 못할까?) 하얀 말도 수호를 잊지 않았다.(바뜨르도 나를 잊지 않을까?) 자기 등에 타려는 원님을 땅바닥에 내팽개치고 도망친 하얀 말은 온몸에 화살을 맞고 수호네 집으로 돌아온다. 그리고 죽는다. 슬픔에 빠져 있는 수호 꿈속에 나타나서 하얀 말이 말한다.(바뜨르도 내 꿈에 찾아와 줄까?) 자기를 가지고 악기를 만들라고. 악기를 만들어 연주하면 언제든지 함께 있는 거라고.(신기루는 정말 바뜨르가 내게 남기고 간 선물일까? 아니, 바뜨르가 신기루 자체였는지 모르겠다.)

마두금 연주는 계속 이어졌다. 그 소리에 마음을 실은 채 무심코 초원을 바라보던 나는 눈을 깜빡거려 보았다. 눈앞에서 신기루가 홀연히 사라졌기 때문이었다.

갑자기 엄마가 흑, 하며 얼굴을 무릎 위에 묻었다. 깜짝 놀란 것도 잠시 나는 민망하고 창피해져 엄마의 옆구리를 꼬집으며 옆의 아줌마들을 훔쳐보았다. 놀랍게도 바람맞은 아줌마와 듣보작가 아줌마도 울고 있었다. 남편한테 배신당한 바람맞은 아줌마와 감수성이 남다른 듣보작가 아줌마가 우는 건 이해가 간다. 어, 실적미달 아줌마도 울고 있다. 돌아갈 날이 가까워지니까 이번 달 실적이 걱정되나 보다. 그럼 엄마가 우는 이유는? 보나마나 오빠 때문이겠지. 그런데 아들을 카이스트에 보낸 아줌마는 왜 우는 걸까. 그동안 없는 사람처럼 조용하던 그림자 아줌마는 또 왜 우는지……. 이렇게 아무 때나 우니까 아줌마들이 주책이라고 무시당하고 놀림 받는 거다.

　그런데 이상하게, 정말 이상하게 나도 눈물이 났다. 나는 잘 울지 않는 아이다. 억울하거나 아파서는 울지만 슬프거나 감동 받거나 해서는 코끝만 시큰할 뿐 눈물까지 나지는 않는다. 그래서 엄마한테 독하다는 소리까지 듣는 내가 슬프거나 감동 받은 것도 없는 지금, 왜 눈물을 흘리고 있는 거지? 그것도 아줌마들 틈에 끼어 앉아서. 나는 눈물을 닦으며 재미없는 여행에 끌려온 게 억울해서라고, 그래서일 뿐이라고 나 자신에게 말했다.

2부
신기루

넷째 날

낮, 게르

다 같이 모래 언덕에 앉아 우는 것이 여행의 대단원이었어야 했다. 그러면 갑자기 쏟아졌던 눈물을 마두금 소리 때문이었다고, 여행이 끝나가는 게 너무 아쉬워서였다고, 또는 그저 친구의 울음에 눈물 한 방울 보탰을 뿐이라고 변명한 채 일상으로 돌아갈 수 있었을 것이다.

하지만 우리의 여행은 아직 끝나지 않았고, 그건 울음의 의미를 자기 자신에게만이라도 솔직하게 고백해야 하는 시간이 남아 있다는 뜻이기도 했다. 이번 여행이 한 편의 소설이라면 나는 우리, 아니 내가 위기에 봉착했음을, 대단원은 위기와 절정을 겪어 내야만 맞이할 수 있음을 느끼고 있었다.

"이게 뭐꼬."

모래사막을 뒤로 하고 게르로 돌아가는 차 안에서 경화가 혼잣말처럼 중얼거렸다. 현재 상황뿐 아니라 자기 삶 전체에 대한 질문, 불평, 항의가 응축돼 있는 말일 것이다. 그 애는 자기를 배신한 남편을 용서한 게 아니었다. 상처 받지 않는 것이야말로 배신자에게 내리는 진정한 벌이라는 결론을 내린 끝에 안간힘을 다해 아무렇지 않은 척하고 있는 것뿐이다. 나는 그 안간힘에 마음이 시려 왔다.

"언제 이렇게 나이를 먹었노. 갈래머리 탈랑거리면서 뛰댕기던 게 엊그제 같은데……."

정순이가 창밖에 시선을 준 채 한숨처럼 말했다. 남편의 사업 실패 뒤, 전업주부였던 정순이가 보험 설계사가 되겠다고 했을 때 나와 경화는 인경이처럼 독서 지도사를 하라고 조언했다.

"내가 무신. 지금 와서 하는 말인데 내는 무늬만 문학소녀였던기라. 내가 문학반에 와 들었는지 아나? 남고 문학반 아들이랑 미팅한다캐서 들었던 기다. 내는 책, 안 좋아한다."

누구보다 성격 좋고 정 많은 정순이는 보험 설계사가 된 뒤 친구들로부터 기피 대상이 됐다. 나 또한 그 애의 전화를 따돌리고 핑계를 댄 방문을 거절한 적이 있었다. 어느 날 정순이는 내 휴대폰에 음성을 남겨 놓았다.

"내가 니한테 보험 들라고 연락하는 줄 아나? 인자는 사람들이 내를 호환 마마보다 더 무서워한다. 니는 보험 안 들어도 되니까 내가 친구도 있고, 반겨 주는 사람도 있다는 걸 느끼게 해도. 내가 니한테 바라는 거는 그거뿐이다."

자취하던 여고 시절, 엄마 밥보다 학교 근처에 사는 정순이네 밥을 더 많이 먹었던 나는 너무 부끄럽고 미안해서 보험을 하나 들었다. 정순이가 싫다고 하는 걸 사정사정해서였다.

언제 이렇게 나이를 먹었노. 정순이의 말은 마치 자정을 알리는 동화 속의 종소리 같았다. 우리는 허겁지겁 파티장을 빠져나와 누더기를 확인해야 하는 신데렐라와 같은 심정이 됐다. 동화 속의 신데렐라에게는 유리 구두 한 짝과 나머지 한 짝을 들고 찾아올 왕자님이 있었지만, 우리에겐 그저 현실에 대한 냉혹한 깨달음만 남았을 뿐이다.

낮, 꿈

수건을 뒤집어쓴 엄마와 함께 밭에서 감자를 캐는 중이었다. 면사무소 직원인 아버지 대신 밭농사는 엄마 차지였다. 엄마는 하나뿐인 딸을 부려먹지 못해 안달이었고 나는 주말이 다가오면 자취방에 남아 있어야만 하는 핑계를 만들어 내는 데 문학적 재능을 소비했다. 오래간만에 본 엄마는 객지에 나가 고생스럽지는 않은지, 공부는 잘되는지, 대학은 어디로 가고 싶은지, 친구들과 관계는 좋은지, 좋아하는 머슴애는 있는지 열여덟 살 먹은 딸에 대해 하나도 궁금해 하지 않았다. 그저 감자 상하지 않게 호미질을 잘하라는 잔소리뿐이었다.

엄마는 내가 집을 떠나 도청 소재지에 있는 학교로 진학한 것을 몹시 못마땅해 했다. 그로 인해 늘어난 지출과 줄어든 일손 때문이었을 것이다. 딸이 명문 여고생이라는 사실을 자랑삼을 줄 아는 아버지의 허영심마저 없었더라면 나는 새벽차를 타고 읍내에 있는 학교엘 다녀야 했을 것이다. 그랬으면 내 인생은 지금과 많이 달랐을까?

따가운 햇살에 흙냄새 섞인 지열이 끼쳐 올랐고 목덜미의 땀이 등줄기를 따라 흘렀다. 월요일, 더 새카매진 얼굴로 등교할 생각을 하니 속이 상해 호미 날이 감자에 박히건 말건 힘껏 땅을 파헤쳤다. 그리고 아무렇게나 줄기를 잡아당겼는데 감자알이 끝도 없이 줄줄이 따라 나왔다. 밭 속의 감자가 모두 한 줄기에 달리기라도 한 듯 정말 끝이 없었다.

"어무이, 이 감자 좀 보그라."

나는 흥분한 나머지 조금 전의 속상함도 잊고 엄마에게 소리쳤다. 엄마가 돌아다보는 순간 나는 소리를 지르며 주저앉았고 그 비명에 놀라 잠이 깼다. 등이 땀으로 축축했다. 깨고 나서도 가슴이 툭탁거렸다. 날 돌아다본 엄마의 얼굴이 선명했다. 수건에 반쯤 가려진 엄마의 얼굴엔 시커먼 구멍들만 있을 뿐이었다.

여전히 낮, 자리

나는 그게 꿈이라는 사실에 긴 숨을 내쉬었다. 게르의 천장 크기만큼 하늘이 보였다. 양떼를 닮은 뭉게구름이 가득한 모습은 평화로워 보였다. 그 정도가 적당하지 게르를 나서면 덮칠 듯이 펼쳐져 있는 하늘은 두려웠다. 구름을 보는 동안 마음이

가라앉았다. 옆 침대에서 다인이가 무어라 투덜거리며 뒤척거렸다. 아까 그 사단이 났으니 꿈자리가 좋을 리 없을 테지.

모래 언덕에서 돌아와 다인이에게 점심을 먹으러 가자고 하니 싫다고 했다. 아침도 굶은 터라 걱정이 돼서 다시 말했다.

"아줌마들이 햇반이랑 밑반찬들 챙겨 온댔으니까 그거 먹으면 되잖아."

우리 건 이미 다 떨어졌다.

"싫다니까. 아줌마들이랑 밥 먹기 싫어. 그냥 올 때 컵라면에 물 부어서 갖다 줘."

"컵라면 너무 먹는 거 같아. 또 안 먹으면 아줌마들도 걱정하니까 같이 가자."

다인이는 고비에 온 뒤로 거의 한국에서 가져 온 라면과 즉석밥으로 끼니를 때우고 있었다. 굶는 것보다 낫기는 하지만 마음에 걸렸다.

"웬일이서? 나한테 신경을 다 쓰고. 전에는 내가 굶든지 말든지 관심도 없더니만."

다인이가 빈정거리듯 말했다. 그 애는 언제나 그렇게 억울한 소리를 한다. 여행 내내 친구들과 저 사이에서 신경 쓰느라 마음고생 하고 있는 게 누군데. 늘 부루퉁한 얼굴과 말투, 부러 그러는 듯한 느려 터진 행동으로 속을 긁어 놓으면서 저는 다잘하는 줄만 안다. 나는 치밀어 오르는 화를 꾹 눌러 참았다. 여행 와서까지 큰소리 내기 싫었고 한편으로는 다인이의 마음을 이해할 것 같아서였다. 제가 좋아하는 연예인 닮았다고 관심 갖던 바뜨르가 갑자기 떠나 버렸으니 허전하겠지. 집이었다면 내버려 두었을 테지만 여기서는 달리 할 것도 없는 터라 나는 한껏 부드러운 말투로 구슬렸다.

"누가 관심이 없어? 어제도 꼬치구이 해 달래서 보내 줬잖아. 그런 거 따로 부탁하기는 쉬운 줄 알아? 지금도 아줌마들한테 밥이랑 반찬 얻어 놓고. 남한테 부탁하는 거 엄마가 얼마나 싫어하는지 알지?"

내 말이 다 끝나기도 전에 다인이가 시뻘게진 얼굴로 옆에 있던 물병을 들어 내동댕이쳤다.

"그러니까 누가 데려오랬어? 나는 뭐 아줌마들 떼거지로 주책 떠는 거 옆에서 보는 게 좋은 줄 알아? 나도 싫다고. 그중에서 엄마가 젤 싫고 젤 밥맛이야!"

다인이는 소리를 버럭버럭 지르며 바닥에 놓여 있던 가방까지 들어 집어던졌다. 내용물들이 쏟아져 나와 뒹굴었다. 물병까지는 봐줬지만 더 이상은 참을 수 없었다. 나는 달려들어 다인이의 등짝을 후려쳤다. 제 엄마는 마흔다섯 살이 돼서야 처음인 해외여행을 데려와 줬더니 고마운 줄도 모르고. 그동안 참고 참았던 분이 한 대로는 풀리지 않아 두 대, 세 대 마구 때렸다. 몸을 이리저리 비틀며 매를 피하던 다인이가 돌아서 내 손을 잡더니 말했다.

"미안해, 잘못했어. 잘못했다고."

게르를 부술 것 같은 기세더니 재빠르게 굽히고 드는 모습에 어이가 없었다. 하긴 평소에도 제멋대로 굴다가 자기가 불리한 지경이 되면 재빨리 용서를 빌거나 사과를 하는 아이였다. 제 아빠는 그게 더 낫다지만 나는 여간해선 실수도 하지 않고 자신의 잘못에 대해 가벼이 넘기려 들지도 않는 진중한 형인이가 더 미덥고 든든하다. 하지만 가뜩이나 덥고 기운 없는데 피곤한 상황을 빨리 끝낼 수 있게 된 건 좋았다. 가방 정리를 해 놓으라고 시키고 게르를 나오자마자 안에서 무언가 집어던지고 쏟아지는 소리가 났다. 못다 한 성질을 피우는 모양이다. 나는 되쫓아가 다시 시작할 기력이 없어 모르는 척 식당으로 갔다. 밥을 먹고 돌아와 보니 다인이는 다 치워 놓고 잠들어 있었다.

나는 옆으로 누워 다인이를 바라보았다. 잠들어서도 허전한 마음을 그대로 담고 있는 얼굴을 보니 바뜨르가 남기고 간 자리가 내 예상보다 큰지도 모르겠다는 생각이 들었다. 30여 년 전의 내가 떠올랐다.

다인이만 할 때, 여름 방학이면 우리 마을로 대학생들이 농활을 오곤 했다. 시커먼 시골 남자들 틈에서 살빛이 하얀 대학생 오빠들은 현실의 사람 같지가 않았다. 억센 사투리 속에서 들려오는 사근사근한 말투는 또 얼마나 달콤하던지. 많지 않은 학교 도서관의 책을 모두 읽었던 나는 그 오빠들을 두고 펼치던 상상을 주체하지 못해 공책에 옮겨 적었다.

그동안 읽었던 문학작품들을 흉내 낸 어설픈 내 소설은 대부분 남녀 주인공 중 하나는 꼭 백혈병이나 결핵 같은 병에 걸리든지 사고를 당해 죽는 것으로 끝났다. 내가 읽었던 많은 작품 속의 주인공들도 비극적으로 생을 마감했기 때문이었다. 그때는 대학생 오빠들이 떠나면 세상도 함께 끝날 것 같았지만 그 자리엔 머잖아 다른 소설의 주인공이나 새로 온 교생 선생님, 배우, 가수 같은 대체 인물이 들어앉곤 했다. 다인이에게 바뜨르는 지노의 대체물이었을 테니 복구가 더 빠를 것이다.

빈자리가 더 크게 남은 건 우리들일지도 모르겠다. 공항에서 첫 대면을 한 바뜨르는 가뜩이나 여고 시절로 돌아간 것처럼 들떠 있던 우리로 하여금 나이를 잊게 만들었다. 바뜨르와 함께하는 동안 우리는 거울 속에 비친 자신의 얼굴에서 주름도 기미도 삶의 흔적도 찾아낼 수 없었다. 현실로 되돌아올 마음의 준비를 할 새도 없이 갑작스레 바뜨르가 떠난 자리에는 우리가 그동안 누렸던 감정들이, 모르는 척 뒷발질로 밀어 놓았던 빨랫감처럼 남루한 모습으로 나뒹굴고 있었다. 그 앞에서 우리는 마치 열여덟 살에서 곧바로 마흔다섯 살이 된 것처럼 당황스럽고 억울했다.

모래 언덕에 앉아 내가 울었던 건 사라진 시간에 대한 허망함 때문이었을까? 그래서 꿈조차 열여덟 살 때로 돌아간 걸까? 꿈. 방심한 사이 내 생각은 방금 꾼 꿈을 건드리고 말았다. 그래, 상관없다. 나는 꿈의 예지력 따위 믿지 않는다. 자면서 꾸는 꿈은 그저 나의 심리 상태를 반영하는 것뿐이다. 딸하고 싸우고 나서 좋은 꿈을 바라는 것 자체가 잘못이다. 나는 더 이상 도망치지 않고 끝없이 달려 나오는 혹 같은 감자알과 구멍뿐이던 엄마의 얼굴이 연상시키는 것들과 마주섰다.

여행을 2주 앞두고 나는 동네 병원에서 자궁암 초기 진단을 받았다. 의사는 종양의 위치가 좋지 않다며 큰 병원에 가 보라고 소견서를 떼어 줬다. 죽느냐는 내 질문에 의사는 웃으며 최악의 경우 자궁을 들어낼 수는 있어도 생명에는 지장이 없을 거라고 했다. 없다, 가 아니라 없을 거라는 말이 신경을 건드렸지만 더 캐묻지는 않았다. 암을 완치율 높은 초기에 발견한 것으로 운명이 내 편임이 증명됐기 때문이다. 오래전부터 꼬박꼬박 정기 검진을 받아온 나는 미리 매복하고 있다 적이 발을 디밀기도 전에 사로잡은 기분이었다. 이제 침입자를 처단할 일만 남았다. 나는 가족들에게 대수롭지도 않은 발병 소식을 알리거나 큰 병원에 가는 대신 다인이의 여행 준비를 했다. 여권을 만들고 비자를 발급 받기 위해선 날짜가 촉박했다.

내 엄마는 내가 형인이와 같은 열여덟 살 늦가을 자궁암에 걸려 세상을 떠났다. 지금 내 나이보다 다섯 살이나 적은 나이에, 아직 아내를 잃기에는 젊은 남편과 엄마를 잃기에도 너무 어린 사남매를 남겨 놓고 말이다. 엄마와의 이별이 그렇게 빠를 줄 몰랐던 내게는 엄마와 싸우고 엄마를 미워한 기억밖에 없었다. 엄마의 죽음으로 인해 나의 내면은 허물어지고 이지러졌다. 내가 망가지지 않은 것은 오기와 자존심 때문이었다. 나는 다시는 내 삶이 무엇이든 예기치 않은 습격으로 휘청거리는 일은 없게 하겠다고 다짐했다.

그래서였을까? 늘 예비하고 조심했는데도 불구하고 내게 닥친 재난 때문에 울었던 걸까? 아니, 인정할 수 없다. 충분히 극복할 수 있는 초기 암 따위가 내 인생의 재난이 되게 할 수는 없다. 정순이한테 든 것까지 암 보험을 세 개나 가입해 놓았으니 치료비를 하고도 남을 것이다. 어쩌면 형인이의 기숙 학원비도 댈 수 있을지 모른다.

이렇게 행운이 내 편인데 내가 왜 울었는지 더 이상 캐묻는 건 의미 없는 일이다. 나이가 들어 남이 우는 것만 보아도 눈물이 날만큼 누선이 헐거워졌기 때문이다. 굳이 답해야 한다면 모래 알갱이들이 북풍과 부딪히며 내는 노랫소리 때문이었다고 해 두겠다. 눈에 잘 보이지도 않는 모래 알갱이 한 개 한 개가 바람과 부딪혀 소리를 내다니. 니르구이는 그 소리가 노래라고 했지만 내게는 울음으로 여겨졌다. 인간의 숫자로 셀 수 없는 그 수많은 모래들이 한 개 한 개 제 설움을 쏟아 놓고 있는 소리를 들으며 어찌 울지 않을 수 있으랴. 목석 같은 사람일지라도 말이다. 내가 운 건, 그래서였을 뿐이다.

아직도 낮, 춘희

더 이상 상념에 휘둘리지 않으려고 일어나 앉자 열어 놓은 문 밖의 풍경이 보였다. 게르들이 화살처럼 쏟아지는 햇살을 피해 엎드려 있는 짐승 같아 보였다. 그 안의 사람들도 함께 조용했다.

침대에서 내려와 문가로 간 나는 팔을 밖으로 뻗어 보았다. 대기에 가득 찬 정적은 어찌나 밀도가 높은지 팔뚝에 질감이 느껴질 정도였다. 팔을 흔들어 보았지만 그 정도로는 아무런 파장도 불러일으키지 못했다. 세상이 멈춰 버린 듯한 고요. 살면서 두 번 경험했다. 담임 선생님으로부터 엄마의 사망 소식을 전해 듣던 순간, 그리고 의사로부터 암 선고를 받았던 순간 아주 짧게 찾아왔던 정적과 온몸을 관통했던 지독한 적막감. 여행하는 동안 잊을 수 있을 거라 생각했는데 고비를 이루고 있는 건 고요와 적막이었다.

나는 다시 내 침대로 돌아왔다. 그때 다인이가 움직이면서 책이 바닥으로 떨어졌다. 춘희의 책을 집어 든 나는 눈으로 제목을 읽어 보았다. 『나는 바람의 숨결을 보았다』. 그 순간 춘희가 보았을 바람의 숨결이 선연하게 느껴지는 것 같았다.

"허세는."

나는 소리 내 말하며 그 책을 얼른 빈 침상 위에 던졌다. 사실 나는 춘희의 산문집을 읽지 않았다. 그 애가 쓴 세 권의 소설은 자기 삶에 대한 고해성사 같아서(일반 독자가 아닌 친구라서 알 수 있는) 고백한 사람에 대한 연민, 그로 인한 위안이 느껴졌다. 하지만 여행 산문집은 표지와 제목만으로도 춘희가 보통 아줌마인 나와 다른 삶을 살고 있음을 일깨워 줬고 그때 느껴지는 감정은 예전과 같은 동경이었다. 나는 그 책이 내가 가서는 안 될 세계로 향한 문의 암호 같아서 펼칠 수가 없었다.

오로지 문학적 재능으로 한 인격을 평가하고 재단했던 문학 동아리 '글밭' 28기에서 나는 춘희, 주희와 더불어 희자매로 불렸다. 우리가 어릴 때 인기 있던 여성 3인조 그룹 이름이 희자매였기 때문에 붙은 별명이었다. 그 안에서 나는 주희를 무시했고 춘희를 동경했다. 그리움과 부러움, 우러러봄 등이 동경의 빛이라면 좌절, 시기, 애증 등은 동경의 그림자일 것이다. 춘희에 대한 내 동경의 진실은 그림자에 속했다. 사실 나와 춘희의 실력은 28기의 쌍두마차로 인정받을 만큼 엇비슷했다. 내가 이 대회 나가서 장원을 하면 춘희가 다른 대회에 나가서 대상을 받아오는 식이었다. 그래서 내가 춘희에게 품고 있는 감정을 정확히 알고 있는 아이는 없었다. 춘희조차도 눈치 채지 못했을 것이다.

중학교 때부터 소설을 끄적거려 본 나는 문학이 자기 삶을 숙주로 삼아 피어나는 것임을 어렴풋하게나마 알고 있었다. 글 밭 동기들은 물론 선배, 후배, 지도 선생님을 깜짝 놀라게 할 작품을 쓰고 싶어 조바심치던 나는 춘희의 특별한 환경이 부러 웠다. 춘희는 엄마와 단둘이 살았고 눈에 띄는 미모였던 그 애 엄마에게는 많은 소문이 따라다녔다. 아버지를 닮았는지 춘희 는 자기 엄마만큼 예쁘지는 않았다. 하지만 엄마의 사연들이 덧씌워져 춘희에게서는 독특하고 신비로운 분위기가 풍겼다. 제일 예쁘다고들 하던 인경이보다 내 눈에는 춘희가 더 매력적 으로 보였다.

수많은 소문들을 한 가지씩만 소재로 삼아도 무궁무진하게 소설을 써 낼 수 있을 것 같은 춘희의 촌스러운 이름마저 내게 는 질투의 대상이었다. 문학을 하려면 세계문학전집 정도는 통 째로 읽어 줘야 한다는 분위기 속에서 도서관 대출 1순위에 속 했던 책이 알렉상드르 뒤마의 『춘희』였기 때문이다. 춘희는 소 설의 주인공인 마르그리트 고티에가 언제나 동백꽃을 들고 다 녀서 붙은 이름이다. 매춘부인 그녀와 순수한 귀족 청년 아르 망의 아름답고 열정적인 사랑. 춘희의 죽음으로 영원해진 그들 의 사랑……. 나도 그처럼 비극적이고 열정적인 삶이나 사랑의 주인공이 되고 싶었다. 내게 주어진 평범한 삶을 극도로 혐오 했던 나는 이름까지도 여기저기 널린 숙희였다.

아침마다 단 한 벌뿐인 양복을 입고 엄마가 싸 준 도시락을 들고 면사무소로 출근하는 아버지와 억척스럽고 무식한 엄마, 우리 안의 돼지 새끼들 같은 세 명의 남동생이 있는 우리 집은 이웃의 어떤 집과 바꿔도 이상하지 않았다.(면사무소에 다닌다고 해도 아버지는 농부였다.) 내가 작가가 되지 못한다면 이유는 단 한 가지, 미지근한 물처럼 밍밍한 환경 때문일 거라고 확신했다. 물컵 속의 고구마가 무성한 덩굴을 벋어 나가도 결코 알은 안을 수 없는 것처럼.

하지만 그 확신은 엄마의 죽음 앞에서 간단히 허물어졌다. 비련의 여주인공을 탐했던 마음이 주술이 되어 날 엄마 없는 아이로 만들었다는 생각 때문이었다. 문학을 그만둔 건 주술에서 벗어나기 위해서였다. 문학을 위한 삶을 꿈꾸었던 게 얼마나 철없는 짓이었는지 벼락 맞은 것처럼 깨달은 나는 글 쓴답시고 허비했던 시간들을 만회하기 위해 열심히 공부했다. 그 결과 나는 서울에 있는 대학에 합격해 고향을 떠나왔다.

아버지는 내가 고등학교를 졸업하기도 전에 아들이 하나 달린 과부와 재혼을 했고 새어머니는 밭농사를 짓지 않았다. 더 이상 밭에 갈 일이 없는데도 나는 어쩔 수 없을 때를 제외하곤 집에 가지 않았다. 원래부터 새어머니의 남편이었던 것처럼 자연스러운 아버지도 낯설었고, 새어머니는 물론 데리고 들어온 아들과 잘 지내는 동생들에게도 거리감이 느껴져서였다. 엄마의 빈자리는 내가 들어갈 틈을 남기지 않은 채 빠르게 회복됐다. 엄마를 미워하기만 했던 나 혼자만 엄마를 잊지 못한 채 가족에서 튕겨져 나온 셈이 됐다.

나는 집과 가족을 잃은 외로움을 공부로 달랬다. 덕분에 졸업과 동시에 명함이 부끄럽지 않은 회사에 취직을 했고 직장 동료와 연애 끝에 결혼을 했다. 그 당시 사내 규정에 따라 여자인 내가 사표를 냈고 적절한 시기에 첫아들을 낳았다. 형인이는 엄마의 부재로 받은 나의 상처를 치유해 주었고, 나는 내 삶이 다른 사람들과 다를 바 없이 진행되는 것에 안도감과 만족감을 느꼈다. 나는 성실한 남편과 영특하고 말 잘 듣는 아들, 엄마에게 꼭 있어야 한다는 딸을 둔 완전한 가정의 아내이자 엄마였다.

글무지개 모임이 시작된 건 춘희의 등단 덕분이었다. 소식통이던 정순이가 서울을 비롯한 수도권에 사는 아이들을 불러 모아 축하 자리를 만들었다. 고등학교를 졸업한 지 15년만이었다. 30대 중반이 된 우리들은 그 사이 모두 결혼을 해서 한두 명의 자식을 두고 있었다. 인경이의 열한 살짜리 딸이 가장 컸다.

치열한 데모와 떠들썩한 연애 사건들을 풍문으로 전해 주었던 춘희는 그새 이혼을 한 채 딸과 단둘이 살고 있었다. 문예지에 실린 당선 작품을 본 나는 기꺼이 춘희를 축하해 줄 수 있었다. 소설에서 그 애의 여전히 불안정하고 신산스러운 삶을 유추해 볼 수 있었기 때문이다. 나는 진심으로 춘희의 등단이 부럽지 않았다. 내게는 춘희가 계속 찔리고 아파하면서도 벗을 수 없는 가시 면류관을 쓴 것으로 보였다. 그랬기에 한때는 그렇게 동경해 마지않았던 그 애의 평범하지 않은 삶을 이제는 동정의 눈으로 바라볼 수 있게 됐다는 사실이 기뻤다.

작가 친구라는 칭호를 액세서리처럼 목에 두른 채 우리는 아

이들을 영어 유치원과 학습지와 특목고, 나아가서는 명문대에
보내기 위한 전략과 정보에 대한 의견을 나누었고 만족한 마음
으로 그 모임을 정기적인 것으로 만들었다. 기왕이면 이름도
짓자는 의견이 나왔다. 모여서 밥 먹고 수다만 떨다 헤어지면
서도 글밭 28기의 정체성을 드러내는 것으로 짓고 싶어 했다.

회비 모으는 통장에나 명시돼 있을 뿐 실제로는 별로 쓸 일
이 없던 '글무지개'란 이름은 이번 여행에서 다인이로부터 원
없는 야유와 조롱을 받았다.

"글무지개가 뭐야? 유치하게. 설마 일곱 명이라고 무지개를
붙인 건 아니지? 각자 색깔 하나씩 고르고. 아이고 웃겨. 푸하
하하."

실은 그랬지만 숨 넘어가게 웃는 다인이 앞에서 시인할 수
없었다.

"문학 동아리 동기들끼리 만든 모임이라 그냥 그렇게 지은
거야. 무지개처럼 다양하게 살자는 의미에서."

다인이의 신랄한 평가에 무안해진 나는 그렇게 둘러댔다.

각자 사느라 바빴던 지난 10년 동안 글무지개의 명맥이 유
지될 수 있었던 건 춘희 덕이 컸다. 춘희가 그동안 가끔씩은 문
제작도 발표하며 두 권의 단편소설집과 한 권의 장편소설, 또
한 권의 여행 산문집을 낸 덕분에 우리는 작가 친구가 있는 글
무지개에 대한 애정을 잃지 않을 수 있었다.

내 이름의 촌스러움까지 상기시키는 춘희라는 이름 대신 나
는 그 애를 꼬박꼬박 필명인 서영이로 불렀었다. 다인이는 서
영이의 본명이 이번 여행의 가장 큰 반전이라고 내게 말했다.

그리고 또 물었었다. 엄마가 제일 먼저 작가 될 줄 알았다는 아줌마들 말이 진짜냐고. 왜 글 쓰는 걸 그만두었냐고.

"나는 작가보다 니들 엄마인 게 더 좋아."

그 말은 진심이었다.

"작가는 특별한 거고 엄마는 누구나 다 되는 건데 뭐가 더 좋아? 근데 엄마 되게 웃긴다. 엄마는 그렇게 편하게 살면서 우리, 아니 오빠한테는 맨날 특별한 사람 되라고 갈구냐?"

다인이는 춘희 딸을 부러워했지만 여전히 나는 춘희가 부럽지 않다. 내가 지금 가장 부러운 사람은 아들을 카이스트에 보낸 주희이고, 두 번째 부러운 사람은 돈 잘 버는 인경이다.

밤, 어둠

고비 사막에서 보내는 마지막 밤이었다. 우리는 지난밤 바람이 심해 미루었던 캠프파이어를 하기로 했다. 양고기 바비큐도 곁들인다고 했다. 다인이가 군말 없이 따라나섰다. 내 속을 긁어 놓기 위해서라도 툴툴거리거나 뻗댈 줄 알았는데 뜻밖이었다. 오후 내내 다인이는 춘희의 책을 펼쳤다 덮었다 했다. 책을 읽는다기보다는 자기가 얼마나 심심한지 내게 시위를 하는 모양새였다. 네팔 산골이나 고비 사막이나 재미없는 건 같을 테고, 그런 날이 한 달이나 되니 책도 그만큼 더 지루할 것이다. 나는 다인이의 마음이 충분히 이해돼 옷을 껴입으라는 잔소리 대신 두꺼운 옷과 담요를 챙겼다. 사막의 밤은 한낮과 같은 장소라는 게 믿기지 않을 만큼 기온이 떨어졌다.

　캠프파이어 장소가 따로 있는 줄 알았더니 게르에서 조금 떨어진 곳 아무 데나 자리를 잡으면 되는 거였다. 하늘엔 첫날처럼 별이 총총했다. 초원에 누워 별을 보며 환호했던 일이 아주 오래 전 기억 같다가 바로 조금 전 일 같기도 했다. 여기서 있었던 일은 날짜와 시간의 지배 아래서 벌어진 것 같지가 않았다. 두 시간 전 일인지 혹은 어제 일인지, 아주 오랜 시간이었는지 찰나였는지 분간이 되지 않았다. 그래서 내일 돌아간다는 게 안심이 됐다. 이런 곳에서 오래 있다가는 정신병자나 멍청이가 될 것 같았다.

　태양이 비출 때는 비어 있던 들판이 밤이 되자 무엇이 숨어 있을지 모를 어둠으로 가득 찼다. 수많은 별들도 어둠을 밝히기보다는 반짝반짝, 자기 이야기를 하기 바빴다. 니르구이와 다와가 어둠과 써늘함과 모기를 몰아내고 온기와 빛과 낭만과 추억을 불러다 줄 모닥불을 피우기 시작했다. 우리는 손전등으로 두 남자가 종이를 이용해 마른 소똥 더미에 불붙이는 것을 비춰 주었다. 마른 소똥은 번개탄보다 냄새도 나지 않고 불도 잘 붙었다. 그 위에 캠프에서 준비해 준 장작들을 올리고 계속 부채질을 해 주자 불똥을 튀기며 불길이 피어올랐다. 손전등을 끄니 모닥불이 제 빛만큼 어둠을 몰아냈다. 우리는 빛과 온기 아래 둘러앉았다. 모기를 쫓아내지는 못했지만 기대했던 대로 낭만적인 기분이 들었고 추억이 떠올랐다.

　"이러고 있으니까 경포대에 놀러갔던 거 생각난다. 느그들도 기억나제?"

"옷차림이랑 그때 사 먹었던 아이스케키 맛도 다 생각나는데 그게 30년이 다 된 얘기라니 믿기지가 않는다."

"30년이라고 하지 마라. 말만 들어도 징그럽다. 고1 때 갔으니까 28년 됐다."

"그거나 그거나."

"아이다. 암만 그래도 30보다는 20으로 시작하는 기 낫다."

마흔다섯 살 먹은 여자들 것이라고는 여겨지지 않는 밝고 높은 웃음소리가 모닥불을 춤추게 했다. 내 기억에도 그때 보았던 바다와 모닥불이 선명했다. 그때 불렀던 노래, 그때 암송했던 시들도 떠올랐다.

우리가 왁자지껄 추억을 펼쳐 놓는 동안 니르구이와 다와는 한옆에서 양고기를 구울 준비를 했다. 돌덩이 두 개로 만든 화덕 안에 소똥불을 피운 다음 그 위에 철망을 걸쳐 놓았다. 그리고 니르구이가 캠프 식당에 부탁해서 적당한 크기로 썰어 온 양고기를 철망 위에 올려놓자 지글지글 구워지기 시작했다. 저녁을 먹었는데도 군침 돌게 하는 냄새가 퍼졌다.

"엄마, 고기 냄새 맡고 늑대가 오면 어떻게 해?"

그때까지 조용히 있던 다인이가 내게 붙어 앉으며 말했다.

"늑대가 어딨다고 그래."

등 뒤로 끝 모르게 펼쳐져 있는 어둠이 섬찍해 나는 퉁명스럽게 말했다.

"여행 오기 전에 어떤 블로그에서 봤는데 고비 사막에 늑대 있다고 했단 말이야."

내 팔짱까지 끼며 다인이가 부르르 떨었다. 이래서 아이는

아이인 거다. 자식의 공포와 불안을 몰아내 주는 것도 엄마의
의무다.

"그러면 가이드나 기사가 더 잘 알 텐데 여기서 이렇게 하겠
어? 아무 걱정 마."

자신 있는 내 말에 수긍이 가는지 다인이는 더 이상 토를 달
지 않았다.

"삼겹살 굽는 거랑 같네."

"캠핑 기분 제대로 난다 아이가."

"다 해 주니까 참말로 좋다. 골치 아픈 거 다 잊고 맨날 이래
여행이나 다녔으면 좋겠다."

불빛 때문인지 말하는 사람들의 얼굴이 발갛게 상기된 것처
럼 보였다. 저 친구들은 이 여행이, 고비가 그저 좋기만 한 걸
까? 나는 이곳이 점점 불편해지고 있었다.

몽골 고비 사막으로 여행지가 정해졌을 때 한 번쯤은 장소에
대해 의심했어야 했다. 남태평양 섬에 있는 리조트 같은 데서
편안하게 쉬고 싶은 게 아닌지, 또는 사막을 너무 낭만적으로
만 생각하는 건 아닌지. 이제 와서 후회해 봤자 소용없는 일이
지만 모든 일정을 춘희에게 일임하고, 그 애가 작가라는 사실
때문에 왠지 주눅이 들어 자기 의견을 밝히거나 이의를 제기하
지 못했던 게 실수였다. 어쨌거나 내일 울란바토르로 돌아가니
다행이다. 사막보다는 익숙할 공간과 시간들로 한시바삐 돌아
가고 싶었다.

니르구이가 구운 고기 몇 점이 담긴 접시를 가지고 오더니
가장 먼저 다인이에게 건넸다. 아이라고 챙겨 주는가 보다. 결

혼을 일찍 해 다인이 또래의 딸이 있다던가.

"뜨거우니까 조심해요."

소똥 위에서 구운 양고기라니. 짜증을 내며 거절할까 봐 걱정이 됐는데 다인이는 말없이 받아들더니 고기를 먹기 시작했다. 표정을 보니 다행히 입맛에 맞는 모양이었다. 하긴 하루 종일 굶다시피 했으니 웬만하면 맛있겠지. 첫 해외여행인데 다인이를 먹을 건 물론 보고 배울 것도 제대로 없는 몽골로 데려온 게 후회됐다. 형인이 입시가 끝난 다음에 여행을 한 번 더 가야겠다. 대학생이 된 형인이의 유럽 배낭여행을 염두에 두고 들어놓은 적금의 만기가 그 무렵이니 잘됐다.

글무지개에서 해외여행이 처음인 사람은 나뿐이었다. 아들을 카이스트에 보내 놓고 유럽 여행을 하고 온 주희처럼 나도 내년엔 보란 듯이 형인이와 다인이를 데리고 여행을 다녀와야겠다. 즐거운 상상이 모닥불과 함께 춤추었다.

경화와 인경이는 고기가 구워지기도 전에 맥주 캔을 비웠다. 인경이는 물 마신 것처럼 멀쩡한데 술이 약한 경화는 캔 하나에 벌써 혀가 꼬이고 있었다.

"오늘이 도대체 며칠이고? 여 있으니까 날짜 가는 것도 모르겠다."

"그렇제? 울란바토르 가믄 한 5년 지나 있는 거 아이가?"

"그라믄 우리 쉰 살 되는 기가? 에고 끔찍해라."

모두들 끔찍하다는 말에 공감했지만 솔직히 나는 나이 먹는 게 그렇게 싫지 않다. 내가 쉰 살이면 형인이가 스물세 살, 다인이는 스무 살이다. 나는 어서 빨리 예순 살, 일흔 살이 돼 내 아이들이 자기들의 견고한 가정을 만들어 안정되게 사는 걸 보고 싶었다.

"다인이 니는 어떻겠노? 5년 지나 있으믄."

인경이가 다인이에게 물었다. 무슨 생각을 하는지 다인이의 표정이 잠깐 흔들렸다.

"스무 살 돼 있는데 좋죠. 입시 공부 안 해도 되고."

곧 다인이가 웃으며 내 쪽을 힐끗 바라다보았다.

"지금 같이 하면 재수하고 있을 텐데 퍽도 좋겠다."

말은 그렇게 했지만 다인이의 스무 살을 생각하면 내가 다 설렜다. 내 스무 살은 객지에서 외롭고 무서웠다.

"느그 엄마는 이 좋은 밤에 참말로 재수 없는 소리하고 있다, 그쟈?"

경화가 다인이에게 웃으며 말했다. 자기 아이들을 말레이시아 국제 학교로 보낸 다음부터 경화는 다인이를 더 예뻐했다.

"우리 엄마 원래 그렇잖아요."

경화가 한 말까지는 웃으면서 들었는데 다인이의 맞장구에 기분이 나빠졌다. 경화가 자기 아이들을 외국으로 보낸 건 한국의 교육 환경이 싫어서가 아니었다. 경쟁에서 밀리니까 할수 없이 보낸 것이다. 저는 벌써부터 대학들의 글로벌 전형에 대해 알아보고 있는 중이면서 내게 아이들 좀 그만 들볶으라고 충고할 때는 속이 뒤틀렸다. 불빛 속으로 스며든 어둠이 발목을 휘감았다.

형인이나 다인이를 대할 때면 느껴지는 알 수 없는 조급함, 그래서 아이들을 닦달하게 만드는 조바심의 정체는 무엇일까?

등 뒤의 어둠이 자꾸 날 자신의 심연으로 끌고 가려 하고 있다. 나는 불빛 아래로 발을 내뻗으며 말했다.

"집에 가서 기말고사 성적 한번 보지."

내 말에 다인이의 표정이 샐쭉해졌다. 남들한테는 너그러우면서 제 엄마한테는 어찌 그리 인색한지.

그 사이 구워진 고기 접시들이 중간중간 돌려졌고 안주를 핑계 삼아 여기저기서 건배를 외쳤다.

"난 나중에 고비 사막 생각하믄 눈물 날 것 같다. 니들은 안 그렇나?"

"가시나야, 니만 감정 있는 줄 아나? 여 다 글무지개 회원이다."

"내는 내가 그때 시를 썼다는 게 남 일 같다."

"남 일 맞다. 니 걸핏하믄 남의 시 표절했다 아이가. 그것도 김영랑, 유치환 같은 유명한 시인들 시를 말이다."

"내가 쓰고 싶은 거는 벌써 그 사람들이 다 써 삐린 걸 우짜노?"

불그림자가 너울거리는 친구들의 얼굴은 실없는 농담을 하고 있는데도 그리움, 안타까움, 회한 같은 감정들로 흔들리고 있었다. 나는 자꾸만 그 안으로 휩쓸려 가려는 자신을 자제하기 위해 술 대신 커피를 마셨다. 혹시라도 술김에 친구들과 다인이에게 암에 걸린 사실을 털어놓게 될까 봐 겁이 났다. 별 보며 술을 마셨던 첫날 밤, 울컥해서 다 말해 버리고 싶은 기분이 드는 걸 경험했기 때문이다. 술과 분위기에 젖어 후회할 것이 뻔한 일을 저지르고 싶지 않았다.

집에 가면 정밀 검사를 하고 치료도 받기 시작할 것이다. 인터넷을 검색해 보니 초기 암은 약물 치료도 가능하고 완치율도 높다고 나와 있었다. 어쨌거나 남편에게는 알려야겠지. 보험 문제 때문에 정순이도 알게 될 것이다. 그 외에는 형인이, 다인이조차도 몰랐으면 좋겠다. 한창 중요하고 예민한 시기의 아이들에게 충격과 혼란을 주고 싶지 않았다.

깊은 밤, 니르구이

시간이 지나자 몇 명 안 되는데도 술 마시는 파, 대화를 나누는 파, 감상에 젖은 파 등으로 분위기가 나뉘었다. 대화파인 나는 옆에 앉은 주희에게 수능과 관련된 정보들을 물어보고 있었다. 아들의 카이스트 입학 뒤에는 엄마라는 유능한 매니저가 있었다. 주희는 아들이 초등학교 3학년일 때부터 수능 때까지의 계획을 다 짜 놓고 그에 따라 실천해 나갔다고 했다. 모임에 자주 빠졌던 이유도 모두 아들 뒷바라지 때문이었다. 주희에 비하면 나는 너무 무능하고 무른 엄마다. 다시 조바심이 일기 시작했다.

"경화, 와 저러노?"

이야기를 하다 말고 주희가 고갯짓으로 건너편을 가리켰다.

"미안타, 참말 미안타. 니르구이 미안타."

술 취한 경화가 니르구이를 붙잡고 같은 말을 되뇌고 있었다. 경화가 왜 그러는지 알 것 같았다. 바뜨르 대신 온 니르구이를 냉대한 게 걸려서일 것이다. 니르구이는 자신이 그런 대접을 받은 줄도 모를 텐데 술이 사소한 감정들을 침소봉대시키고 있다. 안 좋은 징조다.

"왜 그러세요. 누나들 좋은 사람들이에요."

니르구이가 어리둥절한 얼굴로 말했다. 니르구이는 우리를 처음 보자마자 누나라고 불렀다. 니르구이가 처음부터 우리의 가이드였다면 아무리 인물이 빠지더라도 붙임성 있는 성격이라 좋다고 했을 것이다. 이름을 불러 주었던 바뜨르가 떠난 자리에 우리보다 더 나이 들어 보이는 배불뚝이 아저씨가 와서는 누나라고 불러 대니 거부감이 느껴졌다. 하필이면 연예인처럼 잘생긴 바뜨르와 교대를 하게 된 건 우리 잘못이 아니라 니르구이의 운이 나빴다. 나는 술에 취한 애들이 추태를 부려, 주책맞은 푼수데기라는 다인이의 평가를 증명할까 봐 그게 더 신경 쓰였다.

"가스나야, 뭘 자꾸 맨입으로 미안타고 하노? 니르구이 내 술 한 잔 받그라."

정순이가 넘어지듯이 니르구이 옆에 앉더니 컵을 그의 손에 쥐어 주었다. 정순이는 맥주가 싱겁다며 몽골술과 섞어 마시고 있었다.

"쟤들 들여보내야겠다."

나는 자리에서 벌떡 일어났다. 모임에서 나와 가장 친한 경화와 정순이가 쌍으로 주정을 부리는 게 다인이는 물론 주희한테도 창피했다. 교육에는 큰 관심 없는 정순이나 애들을 유학 보낸 경화와 이제는 좀 덜 어울려야겠다. 그때 갑자기 정순이가 소리쳤다.

"니르구이 손가락이 없네. 이름도 없고 손가락도 없고, 우예 된 기고?"

정순이는 누가 말릴 새도 없이 니르구이의 손목을 잡고 공중에서 흔들었다. 모두의 시선이 그쪽으로 집중됐다. 정말 니르구이의 왼쪽 검지와 장지 손가락이 한 마디씩 없었다. 유심히 본 적도 없지만 왼손이라서 더 눈에 띄지 않은 모양이었다. 아무리 술김이라지만 기본 예의도 없이. 나는 다인이에게 부끄러웠고 니르구이한테도 창피했다. 그런데 니르구이가 불쾌한 기색이라고는 조금도 없이 선선히 대답했다.

"공장에서 사고 났어요."

"공장? 한국 공장?"

니르구이가 고개를 끄덕였다.

"보상은 받았어?"

정순이는 술에 취해서도 직업 정신을 발휘했다. 그런데 왜 늘 실적 미달인지 모르겠다.

"아니요. 사장님이 찔러서 한국에서 쫓겨났어요."

그렇게 억울한 일을 이야기하는데도 니르구이의 얼굴엔 잔잔한 미소가 흘렀다. 성자가 아니면 모자라는 사람이다. 어쩌면 우리가 한국 사람이니까 표정 관리하고 있는 건지도 모른다.

"불법 체류했던 거야?"

"네. 그래서 이제는 한국 못 가요."

니르구이의 얼굴에 서운한 표정이 스쳐갔다. 서운함의 의미를 알 것 같았다. 아무리 대우가 안 좋았다고 해도 몽골에서 버는 것과는 수준이 다르겠지. 어쩌면 한국에 가기 위해 빚까지 졌는데 그 돈도 다 벌지 못하고 추방당한 건지도 모른다. 여기 저기서 보고 들은 이주 노동자들에 관한 이야기가 떠올랐다.

"그 사장 나쁜 놈이네. 공장 이름이 뭐야?"

인경이가 호기롭게 외쳤다.

"벌써 다 끝났어요. 벌써 2년 됐어요."

니르구이가 웃으며 말했다.

"한국이 싫겠다. 우리가 괜히 미안해지네."

"안 싫어요. 다시 가고 싶어요."

니르구이가 손사래를 치며 부정했다.

"왜요? 아저씨한테 못되게 굴었는데 왜 안 싫어요?"

다인이가 불쑥 끼어들었다. 잔머리를 굴릴 때의 약삭빠름은 어디로 갔는지 세상 물정 모르는 순진한 얼굴이었다. 저런 얼굴로 세상 속에 혼자 서 있는 다인이의 모습이 떠올랐다. 또 다시 조바심이 일었다. 딸아, 그래서 사람은 성공해야 하는 거란다. 성공해야 비굴하거나 비루해지지 않고 당당하게 살 수 있는 거야. 엄마가 괜히 너희들한테 공부, 공부 하는 줄 알아? 나는 속으로 다인이의 물음에 답했다. 니르구이가 잠시 다인이를 바라보더니 입을 열었다.

"어디에나 나쁜 사람, 좋은 사람 있어요. 몽골에도 좋은 사람, 나쁜 사람 다 있어요. 난 좋은 사람, 좋은 일만 생각해요."

지나치게 긍정적이거나 낙천적인 사람은 그만큼 자신을 위로하거나 속이고 싶은 일이 많은 삶을 살았기 때문이다. 세상에는 니르구이처럼 힘이 없어서 당하는 사람, 니르구이처럼 자

신의 욕심을 위선으로 포장한 사람들이 많다는 걸 다인이에게
알려 주어야만 한다.

"그런 대우 받고도 화 안 나요?"

나는 니르구이의 위선을 파헤치고 싶었다.

"화나요. 그렇지만 그 사람 금방 불쌍해져요."

니르구이는 조금도 흔들림이 없었다.

"어떻게 그럴 수 있어?"

파고드는 내 태도가 다른 사람들에게는 피해자 니르구이를
위한 공분으로 받아들여지고 있었다.

잠시 침묵했던 니르구이가 대답했다.

"사람은 모두 죽잖아요."

니르구이의 말이 가슴에 턱 하고 얹혔다. 그 순간 어둠 속에
서 정체를 알 수 없는 푸른 섬광이 번쩍하고 빛났다.

아주 깊은 밤, 산다는 것

초원에서 보내는 마지막 밤이라는 사실에 모두들, 한시바삐
고비를 떠나고 싶은 나조차 선뜻 일어서지 못하고 있었다. 니
르구이와 다와가 숙소로 들어가고 난 뒤에도 친구들은 사위어
가는 장작불을 들쑤셔 마지막 불길을 치솟게 했다. 불똥이 유
성처럼 꼬리를 그으며 또 다른 땅인 하늘로 사라졌다.

나는 니르구이의 '사람은 모두 죽잖아요.'에서 헤어나지 못
하고 있었다. 자신의 미래 중에서 확신할 수 있는 유일한 한 가

지가 '죽음'이라는 사실을 모르는 사람은 없을 것이다. 나 또한 누구보다도 그 사실을 잘 알고 있었다. 형인이와 다인이에게 조바심을 내게 하는 정체도 따지고 보면 죽음이었다. 암 진단을 받기 전에도 나는 늘 내가 없는 아이들을 상상해 왔다. 내가 없는 남편은 어른이니 그럭저럭 살아갈 것이다. 어쩌면 아주 잘 살아갈지도 모른다, 내 아버지처럼. 그래서 나는 내 아이들 특히 맏이인 형인이에게 실수해 볼 기회나 경험해 볼 시간을 줄 수가 없었다.

그 때문에 나는 본질은 같지만 의미는 다른 니르구이의 말에 동의할 수 없었다. 사람들은 모두 죽으니 너그러운 마음을 가지라고? 욕심으로부터 자유로워지라고? 욕망으로부터 초연해지라고? 아무것도, 뭘 꿈꿔 볼 건덕지도 없는 이 사막에서는 그런 생각이 마음을 편하게 할 수도 있겠지. 하지만 모두 죽는 거라고 해서 죽음의 의미까지 같은 건 아니다. 지구에 사는 70억의 사람들은 70억 가지의 죽음을 맞는 법이고 그 죽음 또한 살았던 삶에 의해 정해지는 것이다. 여기서 살았던 삶이란, 억울하지만 자신의 의지로는 어쩔 수 없었던 운명까지도 포함된다.

그때 춘희의 목소리가 들려왔다.

"내 느그들한테 할 말 있다."

모두의 시선이 춘희에게로 향했다. 어둠 속에서 담뱃불이 빨갛게 빛났다. 그동안 다인이 보는 데선 자제를 하더니 못 참겠는 모양이다. 나는 당장 다인이를 데리고 들어가고 싶은 마음을 꾹 눌렀다.

"미안한데 내일 느그들하고는 달란자가드에서 헤어져야 할 것 같다."

뜻밖의 말이어서 술 취한 아이들의 정신까지 순간 말짱하게 만들었다.

"며칠 더 고비에 있다 갈라꼬. 계속 고민하다가 지금 결정했다. 느그들하고 끝까지 같이 가야 하는데 미안하다. 대신 니르구이한테 얘기 잘 해 놓을게."

"고비에 더 있는다고? 이만큼 봤으믄 됐지 여기 뭐 볼 기 또 있다고?"

"니 또 여행 책 쓸라카나?"

주희와 금란이가 연달아 말했다.

"책 쓸 계획은 아직 없다. 그냥 이대로 갈라 하니까 공연장가서 막 열리는 것만 보고 일어서는 기분인기라. 호텔 같은 게르에서만 지내다 보니까 고비 속살을 봤다는 느낌이 영 안 난단 말이다."

전기도 안 들어오고 공동 화장실과 샤워장을 써야 하는 게르에서 지낸 것으론 고생한 기분이 안 난다는 말인가 보다. 제 삶을 고난으로 끌고 가지 못해 조급증이 난 것, 그게 다 소설을 써서 그런 거다. 문학이란 늪에서 발을 뺀 건 내가 태어나서 한 일 중 최고로 잘한 일이다. 내게 늘 그것을 일깨워 주는 춘희는, 좋은 친구다.

"멋있다!"

다인이의 감탄 섞인 속삭임에 돌아다보니 시선이 춘희에게 붙박여 있었다. 텔레비전에 나오는 야누슨가 뭔가 하는 애들을 바라볼 때의 표정과 비슷하다. 떠나올 때는 전혀 계획에 없었던 일인데 분위기에 취해 즉흥적으로 마음을 바꾼 게 분명하다. 그런 춘희를 멋있다고 하는 다인이가 이해는 갔다. 그 나이 때에는 안정적이고 평범한 것보다 충동성과 즉흥성에 더 매혹되는 법이니까.

하지만 다인이를 이번 여행에 데려온 게 잘못이었다는 사실은 확실해졌다. 보고 배울 게 없는 여행지 때문이 아니라, 또 내게는 한 번도 보여 준 적 없는 눈길로 춘희를 바라보고 있는 딸에 대한 서운함 때문이 아니라 춘희가 함께하는 여행이라는 사실 때문이었다. 담배를 꼬나물고 고비 속살 운운하는 춘희는 지금 철없는 다인이를 홀리고 있다.

내가 다인이에게 용인할 수 있는 범위는 연예인을 좋아하거나 가이드 오빠에게 일시적으로 마음을 뺏기는 일 정도다. 마흔 살이 넘어서도 여전히 질풍노도의 시기인 것처럼 제멋대로 사는 춘희와 함께 오는 여행에 가뜩이나 다루기 힘든 다인이를 동참시킨 건 실수다. 아니라고 했지만 암 선고를 받고 턱없이 감상적이 됐던 게 분명하다. 내가 다인이에게 보여 주고 싶은 춘희는 작가란 타이틀뿐이었다.

"딸내미는 우짜고? 고3 여름방학 때가 최고로 힘들 땐데 옆에 있어 줘야 된다 아이가."

주희가, 엄마의 본분은 잊은 채 작가 생활에 도취돼 있는 춘희를 일깨웠다.

"뭐 꼭 옆에 있어야만 힘이 되나? 지 엄마가 얼마나 행복한 시간을 보내는지 알면 그게 진짜 힘 되는 기제. 어머니가 그동안 밥은 해 주시기로 했다."

여행 이야기가 나온 건 오래 전이었지만 재작년과 작년엔 인경이와 주희가 고3 엄마라서 내년엔 형인이와 금란이 아들이 고3이라서 올해로 잡은 것이다. 2년 뒤 3년 뒤에도 수험생이 계속 있는 데다 고3 엄마인 춘희가 올해도 좋다고 했기 때문이다. 수험생 딸을 두고 여행 와서 자기 행복을 운운하고, 그게 또 자식에게 힘이 될 거라고 우기는 춘희는 이기적이고 무책임한 엄마다. 자리가 파하면 다인이에게 그 점을 일깨워 줘야겠다.

갑자기 정순이가 박수를 짝짝 쳤다.

"우리 윤서영이 멋지다! 대단하다! 우리 대신 구경 많이 하고 온나."

춘희는 노골적인 칭찬이 싫지 않은 표정이었다. 춘희가 우리와 어울리는 이유는 어쩌면 이런 환호가 필요해서인지도 모른다. 자기보다 쟁쟁한 작가들이 많은 문단에서는 받지 못하는 주목과 부러움의 눈길을 즐기기 위해 모임에도 나오고 여행도 같이 온 게 틀림없다.

"춘희야, 어떻게 하믄 그래 하고 싶은 대로 하면서 살 수 있노? 작가는 그래 해야 되는 기가?"

주희가 물었다. 몇 년 단위로 계획을 세워 놓고 사는 주희로서는 춘희가 정말 이해가 안 되고 한심해 보일 것이다.

"작가라 그런 게 아니라 내가 원래 이렇게 생겨 먹었다. 어떤 삶을 살아가는가는 결국 자기 선택 아니겠나? 나는 뭘 이루기 위해서 사는 것보다 지금 뭔가 하는 기 더 가치 있다고 생각한다. 이래 몬하고 저래 몬하는 핑계도 결국은 다 자기가 만드는 기라."

"그래. 춘희가 저렇게 생겨 먹은 거는 맞다. 느그들 춘희 3학년 때 한 달인가 무단결석해서 퇴학 맞을 뻔했던 거 기억 안 나나? 그때도 여기저기 여행 다니다 왔다캤잖아."

정순이가 예를 들었다. 덕분에 우리는 춘희가 자기 엄마의 미인계 덕에 정학으로 그쳤다는 소문이 파다하게 퍼졌던 사건을 기억해 냈다. 춘희의 대책 없이 충동적인 기질을 멋진 것인 양 포장하는 분위기에 더 이상 다인이를 놔두고 싶지 않았다. 게르로 들어가자고 했지만 다인이는 싫다고 했다.

"자기 삶은 자기가 선택한다는 건 알지만서도 우리 같은 사람들이 그래 살기가 어디 쉽나? 니 같은 배짱은 어데서 생기는 긴데?"

매사에 진지한 주희는 답을 찾고야 말겠다는 듯이 파고들었다. 나는 그게 치기이고 허세라는 걸 주희가 반드시 밝혀내기를 바랐다.

"아까 니르구이가 말하지 않더나. 사람은 모두 죽는다고. 우리 어무이도 어려서부터 내한테 말했다. 사람은 누구나 죽는 기고 죽으면 다 소용 없으니까네 하고 싶은 건 다 하면서 살라고. 제일 중요한 건 지금 살아 있는 기고 그 삶을 누리는 기라고."

추문의 주인공이었던 춘희 엄마다운 말이다. 내게는 딸에게 자신을 변명하는 소리로밖에 들리지 않았다. 침묵하고 있는 다른 사람들의 생각도 나와 마찬가지일 것이다. 춘희가 내 마음을 읽기라도 한 듯 말을 이어나갔다.

"느그들 우리 어무이 알잖아."

우리는 그동안 우리끼리 춘희 엄마에 대한 소문이나 근황을 궁금해 하거나 소설을 통해 유추해 보기는 했어도 춘희에게 직접 묻거나 들은 적은 없었다. 춘희는 분위기 탓인지, 술기운 탓인지 담담하게 자기 이야기를 했다. 글밭 시절은 물론, 10년 동안 만나 오면서 처음 있는 일이었다.

"실은 고3 때 가출했던 거는 어무이한테 반항하느라고 그런 기다. 내는 사춘기가 그제사 왔거든. 어려서는 어무이하고 단둘이 사니까네 늘 어무이마저 날 버릴까 봐 전전긍긍하면서 살았다 아이가. 어무이가 내한테 마음대로 살라 하는 것도 정이 없어서 언젠가는 버릴라꼬 그러는 기제 싶었거든. 고2 무렵부터 뒤늦은 사춘기가 왔는데 그동안 착실하게 산 게 막 억울해지면서 어무이를 괴롭히고 싶더라. 딸이 인생 망친다카는데도 초연한 얼굴로 그 잘난 인생 철학 지껄일랍니까, 하고 말이다. 그래서 어무이 패물 들고 집 나갔다 한 달 만에 돌아오니까네 우리 어무이, 그동안 배 곯았을 기라고 사골을 한 들통 고고 있다 아이가. 그때 알았다. 우리 어무이는 그렇게 생겨 먹은 기고 자기 본성대로 살고 있는 기라는 걸. 내한테는 두 가지 중에서 하나를 선택하는 길밖에 없었다. 어무이를 사랑하든지, 미워하든지."

사랑하든지, 미워하든지. 어둠 속의 섬광이 또 번쩍였다. 나는 선택할 수 없었다. 엄마를 미워하면서 사랑했다. 엄마를 그리워하면서도 나는 엄마를 용서할 수 없었다. 엄마라면 자식들이 다 클 때까지 어떻게든 살았어야 했다. 너무 늦은 발견으로 암 선고와 시한부 선고를 동시에 받았다고 해도 끝까지 싸웠어야 했다. 치료비와 남은 가족들의 고생을 핑계로 싸움을 포기해서는 안 되는 거였다.

"니는 그래서 사랑을 선택한 기가?"

금란이가 나지막하게 물었다.

"어무이가 자기 방식대로지만 내를 끔찍하게 사랑하는 걸 알았는데 우예 미워할 수 있겠노? 그런 엄마, 그런 환경에서 태어난 것도 내 운명인기고. 내는 내 운명을 사랑하기로 했다. 그러고 나니까네 살 마음도 생기더라. 느그들 내가 지독한 니힐리스트였던 거 모르제. 겉으론 열심히 사는 체했지만 실제로는 컴컴한 동굴 속에 들어앉아 있었던기라."

내가 인경이보다 춘희가 더 매력적이라고 생각했던 이유를 알 것 같았다. 춘희가 신비로워 보였던 건 제 엄마의 소문 때문이 아니라 그로 인해 갖게 된 허무감 때문이었다.

"어무이는 지금 뭐 하시노? 지금도 고우시제?"

주희가 이야기 끝에 물었다.

"우리 어무이는 여전히 자기 인생 잘 살고 있다. 얼마 전에 내한테 새아버지 생긴 거 느그들 모르제. 참, 정순이는 안다."

나는 우리 집에 와서 온갖 푸념을 늘어놓으면서 그 소식은 전해 주지 않은 정순이를 흘겨보았으나 정순이는 남의 눈치 따위는 아랑곳하지 않을 만큼 취해 있었다.

"알다마다. 춘희 새아부지가 어무이 앞으로 연금 보험을 척 들어 줬다 아이가. 그런 멋진 새아부지 생겼으니 윤춘희는 복 터진 기다."

정순이가 큰 소리로 말했다.

"춘희 어무이 을매나 젊고 예쁜지 아나? 인경이가 저래 주사 맞고 땡기고 해싸도 춘희 어무이랑 나가면 자맨 줄 알끼다."

정순이의 말에 우리는 모두 웃었다. 인경이가 평소에 자기 외모를 가꾸는 데 들이는 비용과 정성에 대해 스스럼없이 밝히고 희화화시켰기 때문에 편하게 웃을 수 있었다.

"여기 온 건 와 책으로 안 쓸라카는데? 써라. 우리 이래 노는 사진도 싣고. 니 덕에 우리도 책에 함 나와 보자."

경화가 말했다.

"내가 안 쓸라카는 게 아니라 누가 책을 내 준다캐야 쓰제. 바람의 숨결도 반응이 신통찮아 갖고 출판사 보기 민망하다. 나중에 소설로 쓸지는 모르지. 그때 니 얘기 했다고 뭐라카지나 마라."

춘희가 웃으며 말했다.

"괜찮타. 다 써도 된다. 특히 우리 집 인간 바람피운 거는 실명 고대로 써 줘야 한데이. 니 우리 신랑 이름 아나? 박명식이다, 박명식."

"그 인간도 언젠가는 죽을낀데, 고마 니가 인심 한번 크게 써서 용서해 주라. 안 그라믄 니만 상한다."

경화가 불끈거리자 춘희가 달래듯 말했다. 나는 경화한테 뭐라고 했던가. 너 직업도 할 줄 아는 것도 없이 이혼해서 어떻게 살려고 해? 그리고 능력 있는 남편이랑 누구 좋으라고 이혼해? 지나가는 바람이니까 꾹 참아, 라고 한 것 같다.

어쨌든 화제가 다인이가 듣기에는 거북한 쪽으로 흘러가는 것 같아 신경이 쓰였다. 하지만 다인이는 그 어느 때보다도 흥미로운 얼굴로 앉아 있었다.

"그기 안 팔리게 생겼어. 바람의 숨결을 보았다가 뭐꼬? 제

목부터 벌써 지루하게 생겼다 아이가. 그때 내가 50권이나 사인 받아갔잖아? 애들이 졸려서 못 읽겠다카더라. 내사 마 친구 책 팔아 줄라꼬 재미없는 책 골랐다고 욕 디지게 먹었다."

인경이가 이미 화제가 바뀐 춘희의 책 이야기를 하며 끼어들었다. 많이 취했다 하더라도 수위가 아슬아슬했다.

"그라믄 니가 함 써 봐라."

춘희의 목소리에는 여전히 웃음기가 묻어 있었지만 분위기는 이미 싸해졌다. 상대가 인경이기 때문이었다. 글밭 시절, 인경이와 춘희는 나하고 춘희와는 다른 양상으로 라이벌이었다. 뛰어난 용모였지만 글밭에서는 기를 펴지 못했던 인경이는 평범한 나보다 춘희에게 더 반감을 가졌다. 춘희 엄마에 대한 많은 소문들 중 몇 개는 인경이를 통해 퍼진 것이었다. 인경이 작품에 대한 춘희의 독설을 그에 대한 앙갚음이라고들 여겼다. 춘희는 예쁜 얼굴로 어디서나 주목 받는 인경이가 글밭 활동을 하는 이유는 문학소녀까지 하고 싶은 허영심 때문이라고 했다. 춘희의 말은 다른 아이들까지도 인경이를 그렇게 보게 만들었다.

"윤서영 작가님, 독자가 웃자고 한 얘기에 그래 발끈하면 되겠십니꺼?"

인경이는 춘희에게 노골적으로 시비를 걸고 있었다. 글무지개 모임을 시작하면서 자신에게 문학적 재능이 없었음을 쿨하게 인정한 인경이는 그동안 춘희와 잘 지내왔다. 잘 지내는 것을 넘어서서 인경이는 우리보다 춘희와 더, 자기 분야에서 나름 성공을 한 사람끼리의 교감을 나누며 친하게 지냈다. 글밭 28기의 쌍두마차가 나와 춘희였다면 글무지개의 투 탑은 춘희와 인경이었다. 나 역시 그들이 대세임을 인정했고 큰 불만도 없었다. 내가 새롭게 받아들인 경쟁자는 주희였기 때문이다.

춘희는 대꾸 대신 담배를 내던지더니 발로 비벼 껐다. 그 동작에서 인경이에 대한 기분이 고스란히 느껴졌다. 둘의 신경전을 보는 내 기분은 미묘했다. 솔직히 말하면 나는 인경이가 춘희를 좀 더 도발해 주기를 은근히 바랐다. 다인이가 애초에 관심을 가졌던 인물은 예쁘고 스타일이 좋은 인경이었다. 옷차림, 액세서리 등을 가지고 나와 비교해 기분이 상한 적도 있었지만 위험 인물인 춘희에게 빠지는 것보다는 나았다. 두 사람이 치졸하게 싸워 다인이의 환상을 깨 주기를 바라는 마음이 친구들의 싸움 자체가 내 망신이라는 생각보다 컸다. 그때 주희가 나서서 인경이에게 말했다.

"니는 웃자고 했어도 듣는 사람이 불쾌하면 농담으로 볼 수 없는 기다. 사과해라."

이런 상황에서 잘잘못을 따져 누구 한쪽의 편을 드는 건 위험한 짓인데 성격이 곧이 곧대로인 주희는 인경이를 나무랐다. 아니나 다를까 인경이의 손가락이 주희를 향했다.

"신주희 니, 아들 카이스트 좀 보냈다고 내도 가르칠라꼬 하는 기가?"

평소에도 주희의 옳은 말은 종종 그 말의 대상이 된 사람의 감정을 상하게 하곤 했다. 그 점은 우리도 인정하는 바이지만 카이스트까지 간 건 인경이의 명백한 실수였다. 그 때문에 춘희에게 한 말까지 단순 술주정이 아닌 게 됐다. 자기 콤플렉스를 제 스스로 노출하는 인경이의 버릇은 미모라는 강력한 무기 아래서는 약점마저 인간미로 비춰진다는 오랜 경험에서 비롯된 건지도 모르겠다. 하지만 여기는 미모가 아무런 힘을 발휘하지 못하는 글무지개 모임이다. 아무튼 인경이는 아주 짧은 시간에 글밭 시절의 해묵은 열등감과 지방에 있는 대학교에 다니는 딸로 인한 근래의 열등감을 드러냄과 동시에 우리의 마지막 밤도 끝내고 말았다.

"야가 뭐라카는 기고? 알았으니까 이제 그만해라. 금란아, 이 가시나 더 하기 전에 끌고 들어가자. 우리 먼저 들어간데이."

주희는 인경이와 시시비비를 가리는 것보다 위태로운 상황을 중단시키는 게 더 급하다고 생각했는지 금란이와 함께 뻗대는 인경이를 질질 끌다시피 해서 어둠 속으로 사라졌다.

"저 가시나, 아직도 내한테 감정 있나 보네."

춘희가 새 담배에 불을 붙이며 씁쓸한 어조로 말했다.

"감정은 무슨. 술 취해서 그러는 긴데 마음에 담아 두지 마라. 그동안 잘 지내왔잖아."

싸움이 시작도 되기 전에 흐지부지 끝난 이상 다인이 앞에서 이미지 관리나 하는 게 남는 거다 싶어 한 말이었다.

"다인아, 이런 꼴 보여서 미안타. 아줌마가 대신 사과할게. 미안하데이."

오늘 밤 사과의 아이콘이 된 경화의 모습도 주정과 별반 다르지 않았다. 그 옆에서는 정순이가 시계추처럼 몸을 흔들며 무슨 말인가 중얼거리고 있었다. 나는 벌떡 일어섰다.

"다인아, 그만 들어가자."

"아줌마들 두고 가도 돼?"

다인이가 경화와 정순이를 바라보며 물었다.

"불 다 꺼지는 거 보고 아줌마가 데리고 들어갈 테니까 걱정 말그라. 잘 자라, 다인아."

춘희가 다인이에게 말했다. 멋있는 건 제가 독판 다한다. 이런 마무리를 예상한 건 아니었는데 기분이 찝찝했다.

나는 다인이와 함께 모닥불가를 떠났다. 어둠은 겹겹이 쳐진 장막 같아서 한 발자국 내딛을 때마다 새로운 어둠 속으로 들어가는 것 같았다. 희부연 모습을 드러내고 있는 게르가 우리를 이끌어 주는 등대였다.

"넘어져, 앞 잘 봐."

나는 손전등으로 앞을 비추며 자꾸 뒤를 돌아다보는 다인이에게 짜증을 냈다.

"뭐 빼놓고 온 거 같아서 그래. 맞다, 담요. 잠깐만."

다인이가 다시 모닥불가로 뛰어갔다. 손전등으로 다인이 쪽을 비추고 있는데 그 너머의 어둠 속에서 아까 언뜻 보았던 푸른 섬광이 또 다시 번쩍였다. 손전등이나 모닥불의 불빛은 분명 아니었고 이 사막에 반딧불이가 있을 리도 없었다. 퍼뜩 고비 사막에 늑대가 있다던 다인이 말이 생각났다. 설마? 손전등을 이리저리 비춰 보았지만 불빛 너머의 어둠을 더 짙게 해 주었을 뿐 그 안에 숨은 것을 찾아내지는 못했다. 푸른 섬광도 더 이상 보이지 않았다. 아마도 별똥별이었을 것이다. 늑대라니, 할 일이 없으니까 어릴 때 주특기였던 망상이 기승을 부리고 있다. 그때 검은 그림자가 내게 덥석 달려들었다. 소스라치게 놀란 나는 엉덩방아를 찧으며 주저앉았다.

"왜 그래? 엄마."

다인이의 놀란 목소리가 들려왔다. 검은 그림자는 담요를 가지고 되돌아온 다인이였다. 나는 발에 무엇이 걸려 넘어졌다고 변명하며 일어섰다. 그러곤 다인이와 함께 게르로 발걸음을 옮겼다.

"야들아, 별 봐라. 오늘도 쩌어기 어디서 거인이 모닥불 억수로 피우는갑다."

등 뒤에서 정순이의 목소리가 들려왔다.

늑대의 밤

게르로 돌아온 나는 손전등 불빛에 의지해 저녁때 싸 놓은 가방을 다시 점검했다. 나는 초원의 마지막 밤을 이번 여행의 실질적인 대단원이라고 생각했다. 아직 공룡 화석지와 울란바토르 관광이 남아 있지만 주된 여행지였던 고비 사막의 마지막 밤을 대단원으로 삼는 게 맞았다. 뭔가 근사한, 오랫동안 만족할 만한 장면으로 장식하길 바랐는데 춘희의 들러리만 서다가 끝나 버린 것 같아 씁쓸했다. 하지만 끝나서 어쨌든 다행이다.

들어오자마자 춥다며 침대 속으로 파고들었던 다인이가 말했다.

"서영 아줌마, 쫌 멋있는 거 같아. 쩌리 작간 줄 알았는데 아닌가 봐."

공교롭게 그 순간 뚜껑을 놓치는 바람에 가방이 탁 소리를 내며 닫혔다. 나는 침대에 앉으며 말했다.

"담배나 피고 충동적으로 행동하는 게 멋있는 거야? 다인아, 있지……."

그릇된 판단을 바로잡아 줄 기회라는 생각에 말을 잇는데 다인이가 툭 자르곤 자기 말을 했다.

"엄마, 촌스러운 말 좀 하지 마. 담배 피는 게 어때서? 술이나 게임하고 다를 게 뭐 있어? 아아, 내가 담배 핀다는 건 아니니까 그런 눈으로 보지 말고. 암튼 서영 아줌마는 이 책을 봐도 그렇고 진짜 자유로운 영혼 같아. 작가라 다른 건가? 우리 집에 아줌마 소설책 있지? 그것도 좀 읽어 봐야겠어."

나는 춘희에게 푹 빠져 대놓고 편을 드는 다인이에게 심사가 뒤틀렸다.

"자유로운 영혼? 걸핏하면 애 내팽개치고 혼자 여행 가는 게 자유로운 영혼이야?"

나도 모르게 목소리가 높아졌다. 다인이가 피식 웃으며 대꾸했다.

"그건 내팽개친 게 아니고 믿는 거지. 엄마는 죽어도 그렇게 못할걸."

다인이가 나를 등지고 돌아누웠다.

나는 침대에 걸터앉은 채 손전등을 껐다. 순간 초원의 어둠이 게르 안을 덮쳤다. 나는 깜짝 놀라 다시 켰다. 그 불빛에 게르의 흰 벽면이 드러났고, 어떤 그림자가 얼핏 스친 듯했다. 게르 안이 아니라 밖에서 비치는 그림자 같았다. 그건 시뻘건 아가리를 쩍 벌린 채 게르 옆까지 온 늑대의 그림자였다.

다섯째 날

다시 낮, 백악기

사흘 밤을 잔 게르를 떠날 때 첫날 우리를 맞아 주었던 아가씨 중 한 명이 다시 몽골 전통 의상을 입고 나와 차바퀴에 아이락을 뿌려 주었다. 안전 운행과 복을 기원하는 것이란다. 늑대의 푸른 안광이 잠자리를 어지럽혀 불면의 밤을 보낸 내게는 게르와 초원을 떠나는 것만으로도 축복이었다.

차에 오르기 전 나는 지난밤 모닥불을 피웠던 자리를 바라보았다. 숯과 재와 약간의 쓰레기들이 우리의 마지막 밤을 상징하듯 초라한 흔적으로 남아 있었다. 어디에도 늑대가 숨어들 만한 곳은 없었다. 혹시나 싶어 캠프의 개를 찾아보니 흐리멍덩한 눈으로 그늘에 널브러져 있었다. 그런 개가 밤이 된다고 해서 늑대로 변할 수는 없을 것이다.

나는 더 이상 생각하기 싫어 늑대가 스며들었던 곳은 초원이 아니라 내 마음속이었다고 결론 내렸다. 게르를, 초원을 떠나면 늘대도 더 이상 날 위협하지 못할 것이다. 어쩌면 자취도 없이 사라져 버릴지도 모른다. 나는 아홉 시도 안 됐는데 벌써 한낮 같은 열기로 가득한 차에 기쁜 마음으로 올라탔다.

남은 여행에 어떤 영향을 미칠까 궁금했던 어젯밤의 해프닝은 인경이의 애교 섞인 사과로 깨끗하게 끝났다. 인경이는 자신의 행동이 기억날 만큼 술이 덜 취했었던 건지, 아니면 금란이한테 전말을 들었는지 춘희와 주희는 물론 다른 사람들에게까지 분위기 망쳐서 미안하다며 용서를 빌었다. 한참 동생처럼 보이는 인경이가 생글생글 웃으면서 자신의 잘못을 시인하고 용서를 구하자 그런 사람을 조금이라도 미워하거나 싫어했다면 그게 더 큰 잘못이라는 생각이 들었다. 이제 보니 우리에게도 인경이의 상큼 발랄한 외모는 무기였다.

우리를 태운 차는 기분 좋게 고비에서의 마지막 코스인 공룡 화석 발굴지로 향했다. 그곳에 들렀다 곧바로 달란자가드로 가서 비행기를 타고 울란바토르로 향한다. 비행기는 올 때처럼 간단하게 우리를 도시로 데려다 줄 것이다. 캠프파이어를 통해 니르구이와 한결 가까워진 데다 싸운 뒤에 증가하기 마련인 서로에 대한 배려와 이해 덕분에 차 안은 다시, 아니 바뜨르와 함께하던 때보다 분위기가 훨씬 더 좋아졌다.

가다가 마을을 만났다. 주유기가 하나뿐인 주유소와 판자로 지은 집들과 게르가 뒤섞인 아주 작은 마을이었지만 고비 사막으로 들어온 후 처음 보는 터라 반갑고 신기했다. 동네 사람들에겐 우리가 신기한 존재인지 몰려나와 구경했다. 고비에 들어

와서 이렇게 많은 몽골 사람들을 한꺼번에 보는 것도 처음이었다.

춘희가 가방에서 펜을 꺼내 아이들에게 나눠 주었다. 미리 준비해 온 모양이었다. 우리는 가방을 뒤져 초콜릿과 껌, 사탕 등을 주었다. 그리고 그들을 찍은 다음 사진을 보여 주자 아이들은 수줍어하면서도 머리를 들이밀며 신기해 했다. 그 때문에 우리는 아이들을 찍는 게 우리가 아니라 그들을 위해서인 것 같은 기분이 들었다. 인경이가 즉석에서 사진을 뽑아 줄 수 있는 폴라로이드 카메라를 가져오지 않은 걸 안타까워했다.

"정말, 애들한테 사진 주면 더 좋아했을 텐데."

동생을 업고 있는 여자 아이한테 머리띠를 준 다인이도 아쉬워했다. 니르구이가 다와와 함께 차에 기름을 넣는 동안 우리는 조그만 가게에서 유제품 맛이 심하게 나는 몽골 아이스크림을 사 먹었다.

"바뜨르랑 아이스크림 내기 했는데 울란바토르 가도 못 보겠네."

정순이가 말했다. 바뜨르가 떠난 뒤 우리는 암묵적인 동의 아래 그를 화제에 올리지 않았다. 바뜨르를 기억하면 어쩔 수 없이 따라 떠오르는 각자의 마음, 행동들을 되새기기가 싫어서였을 것이다. 하지만 그 또한 부자연스러운 일이었다. 정순이가 봉인을 푼 덕분에 우리는 전 가이드에 대한 일반적인 관심 정도의 수위를 지키며 바뜨르에 대한 이야기를 했다.

"울란바토르 가면 밥 한번 먹어야 하지 않겠나."

"맞다. 그라고 우리 땜에 다쳤다 아이가."

"그건 아이다. 지가 말을 잘못 타서 다친 기지, 우찌 우리 때문이고?"

"그래, 다친 거는 안됐지만 바뜨르한테 그만 하믄 잘해 줬다."

"니르구이 하는 거 보니까네 바뜨르, 그노마 좀 빽질하니 그랬다."

"그럼 스물세 살짜리한테 뭘 더 바라노? 우리 아들들 스물세 살 되면 그만이나 할 것 같나?"

"그건 그렇다. 그동안 눈 호강은 실컷 했다. 니르구이, 첨에는 영 정 안들 거 같더니 자꾸 보니까네 구수한 게 된장 뚝배기 같다."

그때 주유를 마친 니르구이가 다가왔다.

"누나들, 내 흉봤어요?"

니르구이가 자기 이름을 들었는지 싱글싱글 웃으며 말했다.

"그래. 된장 뚝배기 같다고 흉봤다."

"그거 무슨 얘기에요? 나 음식 아니에요."

니르구이의 표정에 웃음이 터져 나왔다. 나도 모르는 새 니르구이의 우둥퉁한 외모는 물론 어눌한 말씨까지 고향 동생처럼 친근하게 여겨졌다.

"울란바토르 가면 바뜨르 식사 한번 초대하고 싶은데 시간 되는가 알아 봐 주이소."

주희가 니르구이에게 말했다.

"그렇게 안 돼요. 오늘 아침 전화했는데 바뜨르는 발 많이 다쳐서 세 주일 못 움직여요."

몽골 휴대폰을 가지고 있는 니르구이가 대꾸했다.

"3주일씩이나? 바뜨르랑 직접 통화했나?"

정순이가 물었다.

"직접 통화 아니구요. 여행사 직원이 말했어요."

3주일이나 꼼짝 못하다니. 우리 가이드를 하다 그렇게 된 거라 마음이 편치는 않았다. 그러면서도 한편으로 은근히 기뻤던 건 나뿐이었을까? 언젠가는 니르구이와도 잘 구분이 되지 않을 만큼 기억이 희미해질 때가 오겠지만 아직은 바뜨르가 다른 사람들에게도 이름을 불러 주며 싱그럽게 웃는 모습을 떠올리기 서운했다. 우리는 울란바토르에서 바뜨르의 선물을 사 니르구이 편에 보내 주자고 의견을 모았다.

"그럼 울란바토르에 가도 계속 니르구이 아저씨가 가이드 하겠네."

다인이가 혼잣말처럼 중얼거렸다. 다인이는 울란바토르에서 바뜨르와 재회하기를 기대한 모양이다. 하지만 나는 바뜨르를 다시 보고 싶지는 않았다. 남은 시간은 평범한 여행객처럼 관광을 즐기며 일상성을 회복한 다음 집으로 돌아가고 싶었다.

차는 험한 길을 달리다 공룡 화석 발굴지역으로 접어들었다.

"여기서 백악기 공룡 알 화석들 많이 발견했대요. 공룡이 싸우는 모습 그대로 발견돼서 외국의 학자들 많이 왔다 갔어요. 한국도 연구하러 공룡 화석 많이 가져갔어요."

니르구이가 설명했다.

"백악기가 언제 때고?"

"그거는, 일 억…… 사천 오백 만 년 전에서…… 육천 오백 만 년 전이에요."

니르구이가 수첩을 들여다보며 떠듬떠듬 읽었다. 얼마큼인지 가늠조차 되지 않는 숫자를 듣자 그만큼 비현실적인 공간에 들어서는 기분이 됐다.

"다와가 고비 사람들 여기서 공룡 알 화석 많이 찾았대요. 누나들도 열심히 하면 찾을 수 있어요."

니르구이가 웃으며 말했다. 우리의 현실감을 일깨워 준 건 니르구이의 말이 아니라 뜨거운 날씨였다.

"우리 차례까지 오는 공룡 알이 있겠나?"

"공룡 알이고 뭐고 뜨거워서 나가기도 싫다."

"와 이리 덥노. 에어컨 바람 쪼매만 쐬면 원이 없겠다."

"니르구이가 우리를 구이로 만들라는갑다."

모두 시뻘겋게 익은 얼굴로 헉헉거렸다. 땡볕에 나갈 일이 겁났지만 차 안도 숨 막히기는 마찬가지였다. 우리는 스타일이고 멋이고 상관없이 해를 가릴 만한 것이면 무엇이든지 뒤집어쓰고 둘러써 아랍 상인 같은 차림새가 돼 뙤약볕 아래로 나섰다. 밖엔 다행히 바람이 불어 뜨겁기만 하지는 않았다. 모두들 서로의 행색을 보며 웃어 댔다.

"이러고 낙타 타면 그대로 아랍 상인인기라."

"그라믄 다음번엔 실크로드 한번 도전해 보까?"

"좋다. 내는 춘희 니가 가자고 하믄 과부 딸라빚을 내서라도 갈끼다. 그럴라카믄 열심히 돈 벌어야겠네."

이번 여행에서 제일 신 난 건 정순이다. 혹시 여행 갈 때마다 바뜨르 같은 가이드가 있을 거라고 생각하는 건 아니겠지. 그게 아니면 부자 새아버지가 생긴 춘희한테 잘 보이려고 그러거나.

"엄마, 엄마도 또 갈 거야?"

다인이가 내 옷깃을 잡아당기며 반짝거리는 눈으로 물었다. 표정에 자기도 또 따라가겠다는 의지가 확고하게 담겨 있었다. 실크로드? 말이 좋아 비단길이지 고비 사막 못지않게 힘들고 불편할 게 분명하다. 친구들하고 여행은 또 가겠지만 춘희 의견대로 되지는 않을 거다. 다인이를 또 다시 데리고 가는 일도 절대 없을 것이다.

"오빠 입시 끝나고 나면 유럽 가자."

유럽이란 행선지는 즉흥적인 것이었다. 싱가포르 정도를 염두에 두고 있었지만 춘희의 실크로드를 단숨에 누르고 싶은 마음이 더 컸다. 다인이 눈이 휘둥그레졌다.

"정말? 돈 있어?"

"그때 적금 타는 거 있어."

나는 자랑스럽게 말했다.

"와, 엄마 짱!"

다인이가 나를 끌어안았다. 저래 딸이 있어야 하는 기라, 에고, 딸 없는 사람 눈물 나서 살겠나 등등의 소리가 배경 음악으로 들려왔다. 춘희가 아무리 멋있어 보여도 실질적으로 널 위해 뭘 해 주는 사람은 엄마라구. 나는 의기양양해졌다. 그런데 다인이가 갑자기 내게서 떨어지더니 미심쩍은 눈초리로 살피며 물었다.

"그런데 오빠, 엄마가 원하는 대학교 못 붙어도 가는 거지?"

"가시나, 재수 없는 소리하고 있다."

가뜩이나 뜨거운 머리에 끓는 물을 뒤집어쓴 기분이 들어 나는 다인이를 노려보았다. 다인이가 아차 싶었는지 미안하다며 샐샐 웃었다. 나는 생각 없이 한 다인이의 말에 아무런 의미를 두지 않으려고 노력했다.

거무죽죽한 바위로 이루어진 산과 계곡, 드문드문 보는 관목과 야생화들이 초원과는 색다른 느낌을 주었다. 땅 색과 잘 구분이 가지 않는 도마뱀들도 심심찮게 보였다. 색다른 풍경에 모두들 사진 찍기 바빴다.

기운이 뻗치는지 계곡 건너편 바위산 꼭대기까지 올라간 춘희와 정순이가 환호성을 지르며 다들 오라고 성화였다. 귀찮다며 그냥 있겠다는 다인이와 경화를 남겨 두고 우리는 경사가 심한 비탈을 내려갔다. 그런 다음 후회하며 험한 돌투성이의 가파른 오르막길을 올라간 우리는 먼저 와 있던 친구들과 똑같은 기분이 됐다. 다인이가 이 풍경을 못 보는 게 안타까워 나는 부지런히 카메라의 셔터를 눌렀다. 고비에 와서 지겹도록 보아 온 풍경이었지만 바라보는 위치가 달라서인지 분위기도 달랐다.

두 눈에 다 담을 수 없는 광막한 황무지 위에 그보다 더 넓은 하늘에 떠 있는 구름이 그림자를 만들고 있었다. 영화에서 본 공룡들이 하늘과 들판을 날아다니고 뛰어다녔다. 시간과 공간이 무한히 확장하는 그 풍경 안에 나를 들여놓자 개미처럼 흔적도 보이지 않았다.

갑자기 건너편 언덕에서 다인이의 비명 소리와 함께 호들갑
스러운 경화의 목소리가 들려왔다. 깜짝 놀라 바라보니 둘 다
팔을 마구 내저으며 소리를 지르는데 뭐라는 건지 알 수 없었
다. 순간 다인이가 독이 있는 벌레나 뱀에게 물렸을지도 모른
다는 생각이 들었다. 니르구이가 먼저 비탈을 뛰어내려갔다.
생각만으로도 다리에 힘이 풀린 나는 허겁지겁 미끄러지고 굴
러가며 다인이가 있는 곳으로 갔다. 나머지 사람들도 앞서거니
뒤서거니 따라왔다. 표정들을 보니 다인이에게 나쁜 일이 생긴
것 같지는 않았다. 다인이가 팔짝팔짝 뛰며 소리쳤다.

"엄마, 공룡 알이야! 공룡 알 찾았어!"

다치지 않은 것에 마음을 놓으며 가까이 간 내게 다인이는
반으로 갈라진 타조 알만 한 돌덩이를 내밀었다.

"엄마, 엄마, 이거 봐 봐. 여기 달걀노른자 같은 거 보이지?
맞지?"

쪼개어진 타원형 돌의 단면엔 정말 달걀을 반으로 잘랐을 때
와 같은 모양이 뚜렷하게 나 있었다.

"참말로 공룡 알 화석인가 보네! 이걸 어디서 찾았노?"

주희가 놀란 목소리로 말했다. 나는 다인이가 공룡 알 화석
을 발견했다는 사실이 실감 나지 않았다. 길에서 주운 복권이
당첨됐다는 게 차라리 현실적이지 억만 년 전에 살았던 공룡이
낳은 알 화석이라니. 나는 그 시대에 불시착한 듯 얼떨떨했다.
다인이는 여행 온 이래 가장 신 나 하며 화석을 발견한 장소로
우리를 이끌고 갔다. 허리께쯤 오는 울퉁불퉁한 바위를 가리키
며 다인이가 들뜬 목소리로 말했다.

"니르구이 아저씨가 우리도 화석 찾을 수 있다고 그랬잖아
요. 그래서 화석이 있나 하고 살펴보고 돌아다니는데 여기 이
렇게 동그란 게 튀어나와 있는 거예요. 뭐지? 하고 돌로 깨 보
니까 가운데가 이렇게 달걀노른자 같이 생긴 거예요. 그래서
박혀 있던 나머지 돌도 잘 캐냈어요."

다인이는 대단한 유물을 발굴한 고고학자처럼 자랑스러운
표정이었다. 화석을 살펴본 다와가 공룡 알 화석이 맞다고 했
다. 어렸을 때 자기네 집에도 여러 개 있었기 때문에 잘 안다고
했다. 나는 그제야 서서히 심장이 뛰기 시작했다.

"괜히 부쉈네. 아깝다."

다와의 말을 들은 다인이가 발을 동동 구르며 아쉬워했다.

"아까울 거 없다. 안 쪼개 봤으믄 그게 공룡 알인지 돌덩인
지 우예 알았겠노. 참말 눈이 보배다. 집에 가져가서 기념으로
잘 모셔 놓그라."

정순이가 명쾌하게 말했다.

"숙희 니, 딸 덕분에 땡잡았다. 공룡 알인데 얼매나 비싸겠
노."

"반쪽만 안 났어도 더 비쌀낀데."

"개인이 가지고 있어도 되는 건지 모르겠네. 나라에 줘야 하
는 거 아이가."

"나라에 신고하면 사간다카더라."

"그람 몽골에 신고해야 하는 기가, 한국에 신고해야 하는
기가?"

"아무튼 다인이 횡재했다."

모두들 자기가 아는 걸 중구난방으로 떠들어 댔다.

나는 느닷없는 행운이 슬그머니 불안해지기 시작했다. 횡재라는 말 때문이었다. 어디선가 횡재나 횡액의 횡(橫)자가 같은 글자며 로또 당첨 같은 횡재는 곧 횡액이 될 수 있다는 이야기를 들은 적이 있었다. 횡재라는 공룡 알 화석이 입시를 앞둔 형인이의 운을 가로챌 수도 있다는 생각이 고개를 쳐들었다. 공룡 알 화석이 아무리 귀하다고 해도 형인이의 목표한 대학 합격과는 바꿀 수 없었다.

그때 니르구이가, 자기가 담당자라도 되는 양 미안한 표정으로 정부로부터 허가 받지 않은 공룡 알 화석은 국외 반출이 금지돼 있어 가져가더라도 공항 검색에서 걸릴 거라고 했다.

"걸리면 어떻게 돼요?"

다인이가 바람이 푸르르 빠져나가는 풍선 같은 얼굴로 물었다.

"그건 잘 모르겠어요."

"그럼 왜 찾아보라고 했어요?"

다인이가 울상을 지으며 니르구이에게 항의했다.

"진짜 찾을지 몰랐어요."

니르구이가 머리를 긁으며 대꾸했다.

여기저기서 공항에서의 경험들을 이야기했다. 공룡 알 화석과 같은 경우는 하나도 없었지만 아무리 몽골이 우리나라보다 뒤처진 나라라고 해도 공항까지 호락호락하지는 않을 거란 결론은 같았다. 오히려 벌금을 왕창 씌울지도 모른다는 이야기까지 나왔다. 나는 차라리 잘됐다는 생각이 들었다.

"마음 접어. 걸려서 공룡 알 뺏기고 벌금까지 내면 아깝잖아. 대신 사진 많이 찍어 줄게."

나는 공룡 알 화석과 다인이가 함께 있는 장면을 몇십 장은 찍었다. 사진이 공룡 알 화석을 발견한 증거가 돼 줄 테니 그거면 족하다.

"애들이 내가 공룡 알 발견한 거 사진만 갖고는 안 믿는단 말이야. 아, 진짜. 공룡 알 가져가야 되는 건데. 아, 진짜 아깝다. 아, 진짜 눈물 나."

다인이는 자세를 취하면서도 안타까워 죽으려고 했다. 우리 모녀가 공룡 알을 함께 받들어 모시고 선 모습을 찍어 주며 춘희가 말했다.

"다인아, 너무 아쉬워하지 마라. 니가 공룡 알 발견한 거 우리가 다 봤다 아이가. 그라고 역사적으로 보믄 소유보다 발견이 인류와 역사 발전에 더 큰 역할을 했다. 정다인, 훌륭하다!"

춘희가 카메라를 우리에게 돌려 주며 엄지손가락을 들어 보였다. 비로소 다인이의 얼굴에서 서운한 빛이 엷어지며 화석을 처음 발견했을 때의 기쁜 표정이 되살아났다. 딸이 칭찬 받는 데도 흐뭇하지만은 않았다. 나도 비슷한 생각을 했는데 멋지게 보일 기회를 춘희한테 빼앗긴 게 아까웠다.

한낮, 사막 속으로

대단원에 덧붙은 에필로그 같았던 공룡 화석 발굴지 관람을 끝으로 고비 사막의 관광 일정은 끝났다. 이제 공항으로 가는 일밖에 남지 않았다. 점심은 좀 늦더라도 달란자가드에 가서 먹기로 했다. 나뿐만 아니라 모두들 온도가 최고로 치솟은 초원에서 조금이라도 더 지체하고 싶어 하지 않았다. 다와가 최대한 빨리 운전해 우리를 울란바토르로 떠날 수 있는 달란자가드에 내려놓아 주기를 바랐다. 그런 마음으로 왔던 길을 되짚어 가는 길은 소설 맨 뒤에 붙은 해설처럼 지루했다. 해설은 안 보면 되지만 길은 축지법이 있다면 모를까, 건너 뛸 수 없었다.

점점 더 높아지는 차 안의 온도에 생수도 뜨뜻하게 데워졌다. 견디다 못해 차창을 열면 모래 먼지가 사정없이 쳐들어왔다. 그동안 낮에는 게르 안에서 머물다 해가 기울 무렵에만 활동을 한 데다 차를 타고 이동한 거리도 짧아서 가야 할 길이 얼마나 험하고 더운지 깜빡 잊고 있었다. 앞으로 이런 길을 몇 시간이나, 첫날 같은 설렘이나 호기심도 없이 흔들리며 가야 한다고 생각하니 끔찍했다.

우리들은 오로지 견디기 위해 울란바토르에 가면 먹을 것들을 나열하기 시작했다. 뱃속까지 서늘해지는 얼음 띄운 차가운 물, 팥빙수, 스무디, 냉장고에서 갓 꺼낸 맥주, 시원 달콤한 물이 뚝뚝 떨어지는 수박, 그냥 얼음 조각…… 먹을 것들을 생각하다 보니 연달아 다른 것들까지 떠올랐다. 휴대폰 통화, 상점들이 늘어선 거리, 사람들로 북적거리는 광장, 차량 행렬과 매끄러운 승차감, 문명에서 비롯된 소음, 별빛 대신 전등불이 반짝이는 야경…… 도시의 모든 것들이, 심지어 교통 체증과 매연 냄새까지 그리워지기 시작했다. 이렇게 도시가 좋은데 어떻게 걸핏하면 타이어가 펑크 나는 고물차와 하루에 두 시간 들어오는 전기가 문명의 전부인 곳에서 며칠씩이나 지낼 수 있었는지 신기할 정도였다.

차 안의 사람들을 들까불며 달리던 차가 멈추었다. 고장 나서 고치는 중인 차 옆이었다. 초원에서는 차를 만나기도 힘든 터라 반가웠는지 니르구이가 쉬었다 간다고 했다. 정신없이 흔들리다 내리니 온몸이 뻐근했고 머릿속도 멍했다.

고장 난 차의 승객들이 우리를 보고 미소를 보냈다. 네 명의 서양 사람들이었다. 니르구이와 다와는 고장 난 차 옆에 가서 무어라 참견을 하기 시작했고 영어 울렁증이 있는 우리는 혹시 서양 사람들이 말이라도 걸어 올까 봐 멀찌감치 떨어져 있었다. 그런데 춘희가 그 사람들에게 가더니 한동안 이야기를 하다 잔뜩 흥분한 기색으로 돌아왔다.

"무신 얘기 한 기고?"

"어느 나라 사람들이고?"

"니 영어 잘하나 보네."

동시에 질문이 쏟아졌다.

"나도 쟤들도 영어 잘 못한다. 두 명은 독일 사람이고 한 명은 이탈리아, 한 명은 네덜란드 사람이라네. 그건 그렇고 우야노? 얘들아, 우리 여기서 헤어져야겠다. 내 저 차에 합류하기로 했다."

춘희가 미안한 표정으로 말했다. 갑작스러운 말에 침묵이 찾아왔다. 나 역시 기분이 이상해졌다.

"달란자가드 가서 준비할 거 있다고 안 했나?"

주희가 침묵을 깨고 물었다.

"침낭하고 차편 땜에 갈라 했던 건데 일행 하나가 중간에 되돌아가서 한 사람 여유분이 있다카네. 뭣보다 내가 생각하던 방향이랑 같은 데로 간다. 사실 달란자가드에 가도 이렇게 한 팀 짜기 쉽지 않거든. 느그들한텐 참말로 미안하지만 내사 마로또 맞은 기분이다."

이야기하는 동안 춘희의 얼굴에 미안함 대신 흥분과 설렘이 가득 찼다. 그 감정이 우리에게도 고스란히 느껴졌다. 과시도 허세도 아닌 진심임을 알 수 있었다. 우리가 그렇게 지겨워하며 빠져나온 길에 대해 저토록, 생전 처음 가는 것처럼 새로운 기대를 품을 수 있는 춘희를 이해할 수 없었다.

나는 춘희와의 이별을 듣는 순간 휩싸였던 기분의 실체가 무엇인지 알아차렸다. 그 애가 품고 있는, 내가 이해할 수 없는 미지의 영역에 대한 시샘이었다. 그건 가지 않은 길들에 대한 회한이기도 했다. 모두들 예정보다 빨라진 이별에 심란한 기색들이 됐다. 내 기분도 그래서일 뿐이라고, 나는 비어져 나오려는 감정들을 황급히 눌렀다.

"나 땜에 몽골로 온 긴데 이래 먼저 빠져서 정말 미안타. 니르구이가 끝까지 가이드 잘해 줄끼다. 남은 여행 잘하고, 난중에 밥 살게."

짐을 챙기고 난 춘희가 말했다. 우리를 걱정하는 빛이 가득했다.

"생판 첨 보는 외국인들이랑 가는 니가 더 걱정이제, 우리 걱정은 말그라. 니르구이 잘 따라댕기믄 된다 아이가."

주희가 말했다.

"그럼 우리 짐에서 필요한 것들 챙겨 주까? 우리는 울란바토르 가니까 먹을 거 남는 거 다 가져가라."

경화 말에 모두들 법석을 떨며 가방을 끄집어 내 춘희에게 줄 만한 것들을 챙겼다. 라면, 즉석밥, 초콜릿, 비타민, 마른안주, 사탕, 고추장, 믹스 커피, 나무젓가락, 팩소주, 상비약 같은 것들이 이 가방 저 가방에서 나왔다. 그렇게 먹었는데도 아직 남은 것들이 많이 있었다. 춘희에 대한 우정을 재는 척도라도 되는 양 모두들 가진 것을 탈탈 털어 비닐봉지에 담으니 한 보따리가 됐다. 우리 먹을 것도 좀 남기라고 춘희가 말했지만 모두 펄쩍 뛰며 거부했다. 우리는 잠시 뒤 고비 여행객들의 오아시스라는 달란자가드에 도착할 테고 또 두어 시간 뒤엔 몽골의 수도인 울란바토르에 가 있을 테니 걱정 없었다.

"가게 차려도 되겠다. 고맙데이, 먹을 때마다 느그들 생각할게."

춘희가 비닐 보따리를 들어 보이며 말했다. 하지만 우정의 기부는 그걸로 끝난 게 아니었다.

"가시나야, 자외선이 잔주름 주범인거 알제? 밥은 굶어도 선크림 꼭 발라야 한데이."

인경이가 선크림을 건네주었다.

"이 목수건 땀 냄새는 나도 명품이니까네 잘 둘러라."

주희가 자기 목에 둘렀던 목수건을 풀러 주었다. 춘희가 색이 마음에 든다고 했던 거였다.

"이 바람막이 잠바, 돌돌 말믄 부피도 안 나가니까 아침저녁으로 입어라. 그란데 나중에 내한테 꼭 돌려줘야 한다."

정순이가 가방에서 점퍼를 꺼내 주며 말했다.

"한번 줬으면 그만이지 뭘 도로 달라캤쌌노? 지금도 낡았구만. 춘희야, 짐 되니까 입다 버리고 온나."

경화 말에 정순이가 펄쩍 뛰었다.

"버리믄 안 된다. 고비 사막을 누빈 잠바 아이가. 기념으로 평생 간직할끼다."

"엄마, 우리 담요, 아줌마 드릴까?"

다인이가 남들 다 들리게 물어서 안 된다고 할 수가 없었다. 나는 담요에다 새로 사 왔지만 채 입지 않은 속옷까지 주었다. 뭐, 미운 놈 떡 하나 더 주는 그런 마음은 아니었다. 나도 갑작스러운 이별에 서운한 기분이 들었기 때문이었다.

"내는 줄 건 없고 덕담이나 한 마디 해 주끄마. 우리 대신 멋진 남자 만나서 연애하고 오그라."

한켠에 조용히 있어 종종 존재를 잊게 하던 금란이치고는 파격적인 덕담이었다. 우리끼리 있을 때야 상관없지만 애 앞에서 할 소리는 아닌 것 같아 눈치를 보았더니 다인이는 해맑은 표정으로 키득키득 웃고 있었다.

그 사이 춘희가 타고 갈 차가 고쳐졌다. 들고 나는 사람들이 있는 달란자가드까지 가서 헤어졌다면 좀 달랐을까? 아무것도 없는 고비 사막 한가운데서 헤어지려니 다시는 못 만날 것 같은 기분이 들었다. 정순이와 주희는 눈물까지 훔쳤다. 우리는 돌아가면서 춘희를 안고 안전과 건강을 기원했다.

"아프지 말고 잘 다녀온나."

내 말에 춘희가 장난스레 대꾸했다.

"자매님, 서울 가서 보자."

다인이에게는 여행을 끝내고 집에 가면 자기가 찍은 다인이 사진들을 보내 주겠다고 했다. 찍는 줄도 몰랐었는데, 좋은 카메라로 찍은 다인이의 모습이 기대됐다.

"정말요? 감사합니다. 멋진 여행 하고 오세요."

다인이 역시도 진심으로 서운해 하고 있었다. 영영 못 보는 것도 아닌데 아줌마들이 오버한다고 흉볼 줄 알았는데 뜻밖이었다.

춘희를 태운 차가 먼저 모래 먼지를 일으키며 사막 속으로 사라져 갔다.

사막, 길에서 길을 잃다

춘희를 태운 차가 사막 속으로 사라지는 것을 바라보는 내 심정은 많이 복잡했다. 여행이 끝나기도 전에 함께하던 친구이자 리더가 빠진 것에 대한 약간의 서운함과 불안함, 춘희에 대한 다인이의 감정이 숭배에 가까워진 사실로 인한 불편함, 실제로는 춘희를 그만큼 싫어하거나 경쟁의식을 느끼지 않는데도 자꾸 춘희를 비판하고 폄하하려 드는 자신에 대한 부끄러움, 그런 모든 감정을 유발했던 인물이 가 버린 것에 대한 시원함 등이 뒤섞인 표정이 남들에게는 춘희와의 이별을 가장 슬퍼하는 모습으로 비쳐졌다.

우리 차도 다시 출발했다. 다인이가 자기와 앉자고 해서 나는 금란이와 자리를 바꿔 맨 뒤에 앉았다.

"든 자리는 몰라도 난 자리는 안다카더니 맞네."

경화의 말에 다인이가 물어왔다.

"엄마, 아줌마 말이 무슨 뜻이야?"

춘희의 빈자리가 그만큼 크다는 이야기다. 그 사실을 순순히 인정하기 싫어 머뭇거리고 있는 사이 다인이 앞에 앉아 있던 주희가,

"춘희가 없어가 억수로 서운타는 소리 아이가."

하고 냉큼 대답했다.

주희 말을 증명이라도 하듯 춘희가 떠난 차 안의 분위기는 눈에 띄게 가라앉아 있었다. 하지만 춘희가 있었더라도 더위와 흔들림에 지친 우리들은 같은 모습이었을 것이다. 우리는 각자의 상념에 빠진 채 가도 가도 같은 풍경인 밖을 내다보았다. 그러다 하나 둘씩 졸거나 자기 시작했다.

끝없이 달리던 차가 멈춰 섰다. 흔들림이 멈추자 모두들 눈을 떴다. 이번엔 지나가는 차도 없었다. 또 고장인가 싶었는데 다인이가 말했다.

"엄마, 우리 차 길 잃어버린 거 같아. 저 어워, 아까 본 거거든."

다인이가 카메라를 검색하더니 사진을 보여 줬다. 터덜거리는 차 안에서 찍어 흔들린 어워가 있었다. 어워는 성황당 같은 것으로 푸른색 천이 감긴 깃발을 꽂아 놓은 돌무더기였다. 돌무더기에는 사람들이 바친 갖가지 물건들이 있었다.

"이봐. 사진에 말머리 뼈 있잖아. 저거랑 똑같지?"

다인이 말대로 같은 어워였다. 다인이의 말은 금방 모두에게 전해졌고 니르구이는 그 사실을 벌써 알고 있었다. 우리가 걱정할까 봐 알리는 것을 최대한 늦추고 있었던 것이다. 그동안 니르구이가 앞을 넘겨다보며 다와와 여러 차례 이야기를 나눴지만 몽골말이라 전혀 눈치 채지 못했다. 차가 길을 잃었다는 것을 알자 모두들 걱정스러운 기색이 됐다. 나 또한 내비게이션도 이정표도 없는 허허벌판에서 오로지 의지했던 다와의 감이 제 역할을 못 한다는 사실에 불안해졌다.

"밤도 아닌데 와 길을 잃노?"

주희가 이해할 수 없다는 얼굴을 했다.

"밤에는 별 있어서 그거 보고 찾을 수 있는데 낮 되니까 길 더 못 찾아요. 그런데 어워 있으면 마을하고 게르도 있어요. 길 찾을 수 있으니까 걱정 말아요, 누나들."

니르구이가 우리를 안심시켰지만 시간이 흘러도 다와는 마을도, 게르도, 길도 찾지 못했다. 비행기 탑승 시각 덕에 고비에서 지내는 며칠 동안 잊고 있었던 시간 감각을 되찾은 우리는 자꾸만 시계를 들여다보거나 시간을 묻게 됐다. 헤매는 시간이 길어지면서 비행기를 못 타는 것보다 영원히 길을 찾지 못할까 봐 더 걱정되기 시작했다.

차멀미 때문에 계속 앞에 앉아 다니던 인경이가 갑자기 뒤로 오겠다고 했다. 차가 서고 니르구이가 인경이와 자리를 바꿨다.

"차멀미 하든 우짤라고?"

금란이의 걱정에 인경이가 대꾸했다.

"몰라. 길 잃어버렸다카니까 앞에 보이는 들판이 너무 막막하고 무섭다."

나는 인경이의 말에 공감이 갔다. 나 또한 그런 생각을 하고 있었기 때문이다. 넓이를 가늠할 수 없는 공간에 있는 거라곤 두 명의 몽골 사람과 일곱 명의 한국 사람이 탄 차 한 대 뿐이었다. 공룡 화석 발굴지에서 보았던 풍경이 떠올랐다. 그런 곳에서 보면 우리를 태운 차는 무당벌레만 해 보일 것이다. 이 넓고 넓은 고비 들판에서 무당벌레 한 마리쯤은 눈에 띄지도 않을 테고 사라진다 해도 아무도 모를 것이다. 심심찮게 보아 온 동물 뼈들이 생각났다. 그런 생각들이 아니었다면 내내 앞에 앉아 다니다 춘희가 떠난 뒤 뒷자리로 온 인경이의 차멀미를 핑계라고 생각했을 것이다.

춘희에게 다 털어 줘 먹을 거라곤 갈증 해소에 도움도 되지 않는 미적지근한 물 몇 병밖에 없었다. 그 물마저 곧 바닥이 나자 목이 더 마르고 배도 더 고파졌다. 텅 빈 뱃속을 불안함이 채웠다. 우당탕, 털썩, 그르렁, 털털털털, 불안함을 가중시키는 온갖 소리를 내는 차는 우리를 사정없이 흔들어 이리저리 쓰러지고 부딪히게 만들며 사막을 달렸다. 똑같은 바깥 풍경은 우리가 계속 같은 길을 맴돌고 있는지도 모른다는 두려움을 안겨 주었다. 나는 나보다 더 무서울 다인이의 손을 찾아 쥐었다.

"저기 호수 있다!"

인경이가 차창 밖을 가리키며 소리쳤다. 정말 저 멀리 반짝이는 호수가 보였다.

"그러네! 그라믄 근처에 사람이 살끼다!"

"니르구이, 맞제? 호수 보이제?"

"이제 길 찾을 수 있는 기가?"

차 안은 환희로 가득 찼다.

"누나들, 저건 쯔리레예요."

니르구이가 그게 제 잘못인 양 풀 죽은 기색으로 말했다.

"저래 생생한데 무슨 신기루고. 눈 잘 비비고 다시 봐라."

하지만 그 말이 다 끝나기도 전에 신기루는 사라져 버렸다. 우리는 실망했고 기운이 더 떨어졌다. 그 뒤로 신기루는 또 나타났다. 두 번째도 신기루임을 알고 나자 우리도 신기루처럼 사라져 버릴 것 같아 무서워졌다. 공포가 점점 심해져 갈 즈음 또 호수가 나타났다.

"이제는 말도 보이네. 이래 사막에서 미쳐 죽는갑다."

경화가 울상을 지었다.

"누나들, 진짜 말이에요! 게르도 있잖아요. 저기 가면 사람이 있을 거예요."

그동안 얼마나 마음고생을 했는지 니르구이가 목멘 소리로 외쳤다.

"전봇대도 있다!"

주희가 소리쳤다. 우리는 떠돌아다니는 말이나 게르보다 땅에 박힌 채 서 있는 전봇대가 더 반갑고 믿음직스러웠다. 전봇대가 있다는 건 전기를 사용하는 마을이 진짜 근처에 있다는 표시였다. 우리는 살았다는 생각에 서로를 껴안았다. 펄쩍펄쩍 뛰다가 목이 쉬도록 소리를 질렀다. 다와도 기쁜지 **빵빵빵** 경적을 울렸다.

"누나들, 길 찾았는데 차 부서져서 못 가겠어요."

니르구이가 웃으며 돌아다보았다. 그 말에 우리는 기겁을 해 진정했다.

호숫가의 게르에서 길을 알아낸 뒤 니르구이가 점심 먹을 시간은 없지만 비행기는 탈 수 있을 것 같다고 했다. 비행기를 놓치지 않는다는 말에 우리는 또 한 차례 환호성을 질렀다. 밥 따위는 영원히 먹지 않아도 살 수 있을 것 같았다.

다와는 비행기 시간을 맞추기 위해 차의 속력을 높였고 우리는 더 심하게 흔들리고 부딪히고 엉덩방아를 찧으며 견뎠다. 온몸에서부터 시작한 요동은 머릿속과 뱃속, 마음속까지 뒤흔들어 놓았다. 인경이뿐만 아니라 모두들 멀미를 하기 시작했다. 결국 나는 중간에 멈춘 차에서 뛰어내려 쓴 물까지 게워 냈다.

울란바토르, 집으로 가는 버스

차가 달란자가드 공항에 도착하자 다와와 니르구이가 정신없이 내려 준 가방을 끌고 우리는 허겁지겁 대합실로 뛰어들어 갔다. 직원들이 있는 대로 나서서 수속을 밟아 주었다. 활주로를 뛰어가 아슬아슬하게 올라탄 비행기가 마치 막 문이 닫히려는 마지막 지옥 탈출용 비행기 같았다. 지옥만 벗어나도 감지덕지였는데 우리가 탄 비행기는 안락하고 쾌적하기까지 했다.

올 때와 다른 비행기 같았다. 잠시 뒤 쓴 물까지 남김없이 비웠던 위속으로 달콤하고 차가운 음료수가 넘어가는 순간 더 바랄 나위 없이 행복한 기분이 됐다.

"그러고 보이까네 다와한테 인사도 제대로 몬했네."

어느 정도 시간이 흐르고 타고 있는 비행기가 특별한 건 아니라는 사실을 느끼게 됐을 즈음 정순이가 안타까워했다. 모두 같은 마음이었다.

문득 이번 여행에서 우리는 계속 이별을 하고 있다는 생각이 들었다. 바뜨르와 춘희, 다와, 내일은 니르구이와 그리고 게르와 고비, 그밖에도 우리를 스쳐간 많은 인연들과……

달란자가드까지 마음 졸이며 왔던 게 허망할 만큼 비행기는 우리를 빠르게 울란바토르에 데려다 주었다. 비행기에서 내리자 첫날에는 허름해 보였던 징기즈칸 공항이 초현대식 건물처럼 여겨졌다. 모두들 그동안 꺼 두었던 휴대폰을 꺼내 전원을 켰다. 여기저기서 밀린 문자 알림음이 들려왔다. 내 전화에는 온갖 스팸 문자와 남편의 '재밌게 지내십니까? 오는 날이 토요일이요 일요일이요?'라는 문자가 와 있었다. 형인이로부터는 문자도 부재중 전화도 없었다. 고비에 가면 통화가 안 될 거라고 말해 놓았으면서도 서운했다. 시계를 보니 학원 수업 중일 시간이라 연락을 하지는 않았다.

"엄마! 야누스 오빠들 노래, 음원 차트 올킬했대!"

비행기에서 내리자마자 휴대폰을 켜 문자를 주고받던 다인이가 소리쳤다. 제 오빠가 1등을 했을 때도 저만큼 좋아하지는 않았던 것 같다. 그래도 다인이가 기뻐하니 나도 싫지는 않았다. 엄청난 고난을 함께 겪어 낸 동지 같은 기분이라고나 할까, 다인이한테 그런 느낌이 들었다.

"느그들 여기 이러고 있으니까 언제 이런 일이 또 있었던 것 같은 기분 안 드나? 데자뷰 말이다."

정순이가 가방을 기다리며 물었다.

"야가 정신을 고비에다 놓고 왔나? 데자뷰가 아니라 며칠 전에 여기 진짜로 왔었잖아."

인경이가 퉁바리를 주었다.

"그건 아는데 두 번째가 아니라 그냥 다시 첫날로 돌아간 거맨크로 기분이 이상하다는 말이다. 우리 인생도 이래 다시 시작할 수 있으면 얼마나 좋을까."

"그때가 암만 그리워도 내사 다시 돌아가는 거는 싫다."

"그래. 그동안 사느라고 고생 고생했는데 그걸 또 겪는단 말이가."

정순이의 말에 경화와 주희가 고개를 절레절레 저었다.

"내는 태어나는 순간부터 싹 다 포맷하고 다시 함 멋지게 살아보고 싶다. 숙희, 니는 다시 돌아간다면 언제로 가고 싶노?"

정순이의 질문에 툭 떨어진 심장이 툭탁툭탁 뛰기 시작했다. 나는 갑작스러운 신체 반응에 놀라,

"안 될 게 뻔한데 뭐할라꼬 그런데 신경을 허비하노?"

하고 일축해 버렸다.

공항을 나온 우리는 기다리고 있던 미니버스를 타고 식당부터 갔다. 버스는 에어컨도 시원했고 자리도 넉넉했다. 그 뒤로 가게 된 한국 식당은 지옥을 탈출했다고 받는 상인 양 환상

적이고 감동적이었다. 우리는 음식이 나오는 순간 말하는 것도
잊고 정신없이 먹어 댔다. 갓 지은 밥과 된장찌개, 김치, 나물
같이 흔하게 먹던 음식들이 입안에 들어가는 순간 씹을 새도
없이 목구멍 너머로 사라졌다. 고비에 머무는 내내 제대로 먹
지 못했던 다인이는 좋아하지 않던 오이 도라지 무침까지 맛있
어 했다.

"춘희 누나가 누나들 내일 좋은데 데리고 가라고 했어요. 아
직 밤 되기 멀었으니까 시내 구경하고 호텔로 가요."

더 이상 바랄 게 없는 심정으로 커피를 마시는 우리에게 니
르구이가 말했다. 원래 일정은 오늘은 그냥 호텔에 가서 쉬고
내일 울란바토르 관광을 하는 거였는데 계획을 바꿨다고 했다.
고비를 빠져나왔다는 기쁨이 감정을 한껏 고양시킨 덕에 남아
도는 기운을 주체할 수 없었던 우리는 모두 찬성했다.

"내일 오전에 테렐지 갈 거예요. 경치 아주 좋고 바위들 멋
있어서 울란바토르 사람들도 많이 좋아하는 데예요."

니르구이의 말에 인경이가 고비만 아니면 어디라도 좋다고
했고, 주희는 고비가 너무 끔찍해서 고사리도 싫다고 하는 바
람에 모두 웃으며 맞장구를 쳤다.

드디어 우리는 그렇게도 바라던 도시 관광을 시작했다. 첫
번째는 울란바토르 시내가 전부 내려다보인다는 무슨 기념탑
이었다. 하지만 우리는 기념탑의 높은 계단을 다 오르기도 전
에 고비가 그리워졌다. 그 뒤로 울란바토르의 유적과 유물들을
보는 내내 우리 입에서는 방금 전까지도 그렇게 지긋지긋해 했
던 고비에 대한 추억들이 흘러나왔다. 게르에서 심심하고 지루

하게만 보냈던 것 같은데 끝도 없이 할 이야기가 이어졌다. 같은 일을 가지고도 각자 기억하거나 해석한 것이 달라 이야기는 더욱 풍성해졌다. 시간이 지날수록 고비는 지상 최대의 낙원으로 변해갔고 그곳에 남은 춘희가 가장 부러운 사람이 됐다.

"이래 수학 시간에는 국어 생각하고, 국어 시간에는 영어 생각하니까 내가 성공을 못하는갑다."

정순이의 자조 섞인 농담에 모두 자기 이야기라며 웃어 댔다.

아무것도 없던 고비에서 돌아오니 인구 120만 명의 울란바토르는 너무 복잡하고 넓고 매연이 심했다. 울란바토르의 후텁지근한 더위는 잡스러움이 티끌 만큼도 섞이지 않은 고비의 더위하고는 느낌부터 달랐다. 우리는 고비를 떠올리며 울란바토르를 견뎠다. 천만 명이 넘게 사는 서울로 돌아가면 그때는 울란바토르가 한적해서 좋았다고 기억될까?

고비 사막에서보다 더 지쳐 몽골 독립의 아버지라는 수흐바토르의 이름을 딴 광장을 관광하고 있을 때였다. 동상 앞에서 단체 사진을 찍으려고 하는데 한쪽에 떨어져 심각한 표정으로 전화를 받고 있던 금란이가 울먹이는 얼굴로 다가왔다. 안 좋은 일이 생겼나 싶어 걱정스레 바라보는 우리에게 금란이는 눈물을 닦으며 응모했던 청소년소설이 당선됐음을 밝혔다. 친구의 불행에 한마음으로 동참할 준비가 돼 있던 우리는 예상과는 전혀 다른 금란이의 등단 소식에 멍해졌다. 그리고 어떻게 하다 보니 감쪽같이 모르게 했던 습작에 대한 질책과 분노가 축하보다 더 길어졌다. 제일 친한 인경이가 가장 많이 화를 냈다.

"처음엔 쑥스러워서 얘기 몬했고 나중엔 계속 떨어지니까 챙피해서 얘기 몬했다. 이번에도 떨어지면 진짜 포기할라캤다."

다행히 금란이는 점점 차오르는 흥분에 겨워 우리의 축하 따위는 짧건 말건 관심도 없었다. 독서논술 지도를 그만둔 것도 습작을 위해서였다고 했다. 청소년소설로 당선됐다고 하니 다인이가 더 관심을 보였다.

"아줌마는 아들만 있어서 여자 애들 이야기 쓸 때 감이 안 잡히더라. 앞으로 궁금한 거 있으면 물어봐도 되겠나?"

다인이가 '당연히 되죠!' 하고 외쳤다. 나는 다인이가 쓸데없는 일에 얽혀드는 게 싫었지만 당사자 앞이라 어쩔 수 없었다.

우리는 금란이의 당선 축하를 내세워 근처 백화점의 노천카페로 갔다. 친구의 등단 소식을 듣는 순간 광장의 햇살이 더 뜨겁게 느껴졌고 잊고 있던 피로감이 쓰나미처럼 몰려왔다.

우리는 노천카페의 차양 아래 앉아 글무지개에 또 한 명의 작가가 생겼으니 자랑거리가 하나 더 늘었다고 기뻐하며 얼음이 담긴 음료수로 축배를 들었다. 그러고는 덥다는 핑계로 얼음을 우득우득 씹어 삼켰다. 자기도 모르게 가슴에서 치솟는 뭔지 모를 감정들을 누르기 위해서였다. 친구의 기쁜 소식에 응당 느껴져야 하는 감정과는 거리가 있어 당황스러웠다.

글밭 시절의 금란이는 오늘의 당선 소식이 당연하게 여겨질 만큼 실력 있던 아이가 아니었다. 금란이는 꿈을 이룬 자의 여유로움으로, 누가 묻지도 않았는데 그 사실을 자백하며 운이 좋아 당선됐을 뿐 앞으로 가야 할 길이 멀고 겁난다고 했다. 마치 당선 소감이라도 말하는 것 같은 모습에 우리는 금란이가 원래 겸손한 성품이었음을 잊고 눈꼴시어 했다.

니르구이가 시계를 보더니 울란바토르 최대의 재래시장을 구경하겠는지 물었다. 가자는 쪽보다 호텔로 가서 쉬자는 쪽이 더 많았다. 모두들 갑자기 몇 년은 더 늙은 것 같았다. 나는 쇼윈도에 비치는 내 모습을 외면했다. 우리는 차로 가기 위해 쉬었는데도 가시지 않은 더위와 더 무거워진 걸음으로 노천카페를 떠났다.

"엄마, 저 차 우리 동네 버스다!"

다인이가 반색을 하며 도로의 버스를 가리켰다.

울란바토르 시내에는 한국에서 온 중고 버스들이 전의 노선표를 그대로 붙인 채 굴러다니고 있었다. 정말 낯익은 번호와 우리 동네 이름이 들어 있는 노선표가 눈에 들어왔다. 버스를 보자 오랜 세월 밖에서 떠돈 유랑자 같은 기분이 됐고, 눈물이 나려고 했다. 나는 이제 그만 그 버스를 타고 내가 바친 시간들을 자랑스러운 결과로 나타내 줄 아들이 있는 집으로 가고 싶었다.

마지막 날

톨강에서

지난밤 우리는 호텔 방에 모여 금란이 당선 축하 파티를 하다가 새벽에야 잠들었다. 그런데도 피곤함보다는 여행의 마지막 날이라는 아쉬움이 더 큰 탓에 아무도 아침 시간을 어기지 않았다. 여행의 막바지에 이르자 더 이상 갈아입을 옷이 없어서인지, 아니면 신경 써서 보여 주고 싶은 사람이 없어서인지 하나같이 후줄근해졌다.

우리는 아침을 먹고 차를 탔다. 울란바토르에서 약 80킬로미터쯤 떨어진 곳에 있는 테렐지는 유네스코에 세계자연문화유산으로 등재된 국립공원이라고 했다. 우리는 테렐지가 유명해서라기보다는 도시가 아니라서 기대가 됐다. 어제 저녁나절 잠깐 관광을 했을 뿐인데도 우리는 벌써 도시를 벗어나고 싶어 못 견딜 지경이 됐다. 에어컨도 없는 차를 타고 고비의 거친 들판을 몇 시간씩 몸에 멍이 들도록 달렸던 우리는 냉방이 되는 차로 정체된 도로를 가다 서다 하는 게 싱거웠다. 마치 산악 자동차 레이서가 놀이공원의 코끼리차를 타는 기분이랄까.

테렐지의 잘 가꾸어진 풍경도 마찬가지였다. 산과 초원과 나무, 게르와 방갈로, 말들이 어우러진 모습은 달력 속의 풍경처럼 보기 좋았지만 황량한 고비의 초원처럼 마음을 끌어당기지는 못했다.

"저 게르들이랑 초원은 너무 인공적인 냄새가 풍기지 않나?"

"그래. 빤드름한 게 유원지 보는 것 같다. 몽골을 제대로 느낄라믄 고비 사막에 가야 하는기라."

"맞다. 고비에 있을 때는 잘 몰랐는데 떠나 오니까 우리가 거기서 진짜 쉬었구나 하는 생각이 든다."

"여긴 뭐가 이래 거치적거리는 게 많노? 고비에 사는 유목민처럼 살믄 욕심 부릴 것도 아등바등 살 것도 없는데 말이다."

"내는 집에 가믄 쓸데없는 것들 싹 다 버릴끼다. 집 안 꽉꽉 채워 놓은 기 다 욕심덩어리들인기라."

사실 눈에 보이는 테렐지 초원은 울란바토르에 비하면 아주 한적한 편이었다. 하지만 자기도 모르는 새 우리는 기준을 고비로 삼고 있었다. 또한 우리 몸은 4일이 아니라 4년은 살다 온 것처럼 고비의 공간과 시간을 기억하며 그리워하고 있었다.

"고비 사막 또 가고 싶다. 길 잃어버렸을 때 진짜 스릴 있고 재밌었는데."

다인이가 혼잣말처럼 중얼거렸다. 나는 다인이가 짜증을 덜

부리는 게 고비를 떠나 와서라고 생각하고 있었다. 왜 데려갔냐고 두고두고 원망할 줄 알았는데 길 잃어버렸던 것조차 재밌다고 여기니 다행이었다.

우리는 어워를 돌며 소원도 빌고 천 투그릭씩 내고 사냥용 매를 장갑 낀 손등에 올려놓은 채 사진을 찍었다. 여러 모양의 기암괴석들을 본 뒤 말을 탄다고 했다. 그게 테렐지에서의 관광 코스였다. 하지만 우리는 여기저기 보이는 관광객들과 똑같이 하는 그 모든 것들이 시들하게 여겨졌다.

"구경이고 뭐고 그냥 저 나무 그늘에서 쉬고 싶다."

주희가 소와 말들이 풀을 뜯고 있는 강가를 가리켰다. 톨강이라고 하는데 울란바토르까지 흐른다고 했다.

"소들이 쪼매 다르게 생겨서 그렇지 꼭 우리 시골 같다."

"여기저기 돌아댕길 거 없이 우리 그냥 강물에 발 담그고 쉬다 가믄 안 되겠나?"

"그러자. 니르구이, 그래도 되제?"

"그럼요. 누나들 하고 싶은 대로 하면 돼요."

"엄마, 말 또 안 타고 싶어?"

다인이가 내게 물었다. 고비의 초원에서 말을 타던 때의 기분이 생생하게 느껴졌다. 하지만 지금은 강가의 나무 그늘이 더 마음을 이끌었다.

"우리 여기서 쉬는 동안 너, 니르구이 아저씨랑 같이 가서 말 탈래?"

나는 다인이에게 물었다. 다인이가 원한다면 니르구이에게 따로 수고비를 주고서라도 그렇게 할 생각이었다.

"아니. 나도 여기가 더 좋아. 엄마가 말 타고 싶을 거 같아서 물어본 거야."

차는 우리를 톨강 옆의 나무 그늘 아래에 내려 주었다. 그곳엔 방목한 소들이 여기저기서 풀을 뜯고 있을 뿐 사람은 보이지 않았다. 하긴 관광지에 와서 특별할 것도, 유명할 것도 없는 강가를 찾는 여행객은 없을 것이다. 우리는 그게 마음에 들었다.

"물도 맑네. 들어가 보자."

가장 먼저 정순이와 주희가 신을 벗은 다음 바지를 걷고 강물로 들어갔다.

"아이고, 시원타! 느그들도 들어와 봐라. 속이 다 시원해지는 것 같다."

정순이와 주희가 탄성을 질렀다. 다인이더러 같이 들어가자고 하니 고개를 가로저었다. 나는 운동화를 벗고 바짓단을 접어 올린 다음 조심스레 강물에 발을 디밀었다. 맑고 차가운 기운이 다리를 타고 온몸에 퍼졌다.

"참말로 좋다!"

내 입에서도 저절로 감탄이 흘러나왔다. 내 뒤로 경화와 금란이가 그리고 인경이가 따라 들어왔다. 인경이는 들어오자마자 미끄러지며 물에 빠졌다. 그 모습을 보고 박장대소하던 경화가 물살에 휘청거리다 뒤로 넘어졌다. 인경이와 경화가 자기네만 빠진 게 억울했는지 우리에게 마구 물을 튀겼다. 피하다 넘어져서, 빠지는 사람에게 붙잡혀서, 자진해서, 잠시 뒤엔 모두 물속에 몸을 담근 채 첨벙거리고 있었다.

강물은 우리를 서로 알지 못했던 어린 시절로 돌아가게 해 주었다. 경화와 주희가 웃으며 구경하고 있던 다인이에게로 다가가더니 아이를 갑자기 물속으로 끌어당겼다. 첨벙, 물에 빠져 허우적거리다 일어선 다인이는 그동안 겨우 참았다는 듯이 신바람을 냈다.

내게 다가와 물을 끼얹는 다인이가 딸이 아니라 어릴 때 함께 놀던 이웃집 미숙이 같았다. 그 아이나 나나 봐야 할 동생들이 주렁주렁 달려 있어서 우리는 언제나 애 하나씩은 업거나 데리고 나와야지만 놀 수 있었다. 그때 우리의 소원은 단 하루만이라도 돌봐야 할 동생 없이 놀아 보는 것이었다. 지금 이 순간 우리가 바랐던 그 날이 온 것 같았다. 나는 미숙이에게 다가가 물보라를 일으키고, 미숙이를 끌어안은 채 물속으로 잠수하고, 미숙이와 뒤엉켜 물싸움을 했다. 까맣게 잊고 있던 친구였다.

우리는 입술이 파래지고 기진맥진할 때까지 웃으며 놀았다. 이렇게 순도 100퍼센트의 웃음은 처음인 것 같았다. 45년을 살아오는 동안 이런 웃음이 처음이라는 건 말이 되지 않았다. 내가 기억하지 못하는 것뿐이다. 그런데도 자꾸만 노래 가사처럼 웃고 있어도 눈물이 났다.

공항에서 했던 정순이의 질문이 아직 머릿속을 맴돌고 있었다. 처음 들었을 때 실제로 그런 기회가 온 것처럼 가슴이 두근거렸다. 시간을 돌릴 수 있다면 나는 언제로 돌아갈까? 엄마가 농약병의 뚜껑을 열기 전, 그 순간으로? 예기치 않은 시간과 장소에서 느닷없이 튀어나온 기억에 당황한 나는 누가 알아차렸을까 봐 두려워 주위를 둘러보았다. 다인이와 다섯 명의 친구들은 여전히 물놀이에 푹 빠져 있었다. 나도 얼른 그 사이로 끼어들어 계속 물놀이를 했지만 뚜껑이 열린 엄마에 대한 기억은 떠나지 않았다.

엄마의 사인은 암이 아니라 자살이었다. 말기 암 치료를 위해 두 번째 입원을 하러 가야 하는 날 아침, 엄마는 농약을 밭 대신 자신에게 사용했다. 엄마는 어째서 끝까지 싸우지 않고 그런 선택을 했을까? 그 당시 나는 엄마가 내 주술 때문에 세상을 떠난 것 같아 자책하면서도 자신의 삶을 스스로 마감한 엄마가 미웠고 원망스러웠다. 엄마의 자살이 치욕스럽게 여겨져 나는 친구들은 물론 남편과 아이들에게까지 사실을 숨겼다. 아버지와 동생들 입단속도 시켰다. 엄마의 자살은 남은 가족 모두에게 떠올리고 싶지 않은 상처였으므로 비밀은 잘 유지됐다.

엄마는 왜 스스로 목숨을 끊은 걸까? 어차피 시한부 삶인데 치료비로 가산을 탕진해 남은 식구들까지 못살게 만들까 봐서. 이것이 바로 엄마의 죽음에 대한 아버지와 어른들의 공식적인 추측이었다. 나 역시 성인이 된 다음부터는 주술 때문이었다는 자책은 숨겨둔 채 그 추측을 받아들였다.

엄마가 병에 무너져 흉하디 흉한 모습으로 변해 가며 우리 집 재산을 파먹다 우리 곁을 떠났으면 어땠을까? 그래서 아버지는 새장가도 못가고, 나는 대학 진학을 못하고, 동생들은 거지처럼 컸다면 엄마가 지금보다 더 밉고 원망스러웠을까? 다른 사람은 몰라도 나는 아니었다. 진심이다. 춘희가 말한 '내가 행복하면 그게 자식에게 힘이 되는 거지.'란 이야기는 맞았다. 엄마가 마지막까지 자기 삶을 사랑하며 살기 위해 몸부림쳤으면 나는 엄마가 우리를 사랑했다고 믿었을 것이다. 그랬다면 고학으로 대학을 다니거나 아니면 아예 진학을 못한 채 동생들을 위해 돈을 벌어야 하거나, 더 나쁜 상황에 떨어졌다 해도 엄마가 준 사랑의 힘으로 견뎠을 것이다. 아무것도 포기하지 않은 채.

내가 견딜 수 없는 건 자책감이 아니라 엄마가 우리를 믿지 못했을지 모른다는 생각이다. 엄마에겐 삶을 조금 더 연장하기 위해 치러야 하는 고통과 시간과 돈을 가족들이 흔쾌히 감당할 수 있으리라는 확신이 없었던 거다. 글자를 몰라 마지막 한 마디마저 남길 수 없었던 엄마는 혼자 얼마나 무섭고 외롭고, 또 허망했을까. 이것이 바로 엄마의 죽음에 대해 내가 아버지와 동생들 그리고 나 자신과 화해할 수 없었던 진짜 이유다.

내가 돌아가고 싶은 순간은 엄마가 스스로 목숨을 끊기 위해 농약병의 뚜껑을 따려던 순간인가? 그때로 돌아가서 엄마를 막고 싶은 걸까? 다시 자문해 보았지만 놀랍게도 아니었다. 나는 어떻게 하면 동생을 떼어 놓고 미숙이와 놀 수 있을까가 가장 큰 고민이었던 시절로 돌아가고 싶었다. 엄마한테 억울하게 부지깽이로 맞고 나서도 엄마가 슬쩍 쥐어 준 박하사탕 한 개에 세상을 다 얻은 것처럼 행복했던 그때로 돌아가고 싶었다. 그러면 나는 엄마한테 혼나고 구박 당해도 동생들이 엄마를 차지하고 있어도, 그래서 엄마가 너무 미워도 엄마 곁을 떠나지 않고 사랑하고, 미워하고, 화해하고, 사랑하고, 사랑하고, 사랑하고, 더할 수 없이 사랑할 것이다. 그래서 나중에 엄마가 그 추억과 사랑만으로도 자신에게 주어진 삶을, 비록 여전히 짧은 시간이라 할지라도 끝까지 견디고 살아 낼 수 있게 하고 싶었다. 그런 다음 그동안 우리 곁에 있어 줘서 고마웠다고, 사랑한다고 인사하며 엄마를 보내고 싶었다.

엄마의 주검 앞에서 쏟지 못했던 눈물이 물처럼 흘러내렸다. 다인이가 헤엄치며 다가와 나는 물속으로 잠수했다. 강물이 눈물을 감춰 줘서 다행이다. 우리의 물놀이는 강가에 서서 우리를 보며 웃던 니르구이까지 물에 빠뜨리고 나서야 끝났다.

아직 끝나지 않은 여행

톨강에서 보낸 시간이 이번 여행의 결말이었으면 얼마나 좋을까. 초원의 마지막 밤을 싸움으로 장식할 뻔한 위기도 있었고 사막에서 길을 잃어버리기도 했다. 다인이가 공룡 알 화석을 발견하기도 했고 금란이의 당선 소식도 들었다. 그런 일들을 모두 거쳐 강물에서 다 함께 어린 시절로 돌아간 시간은 여행의 대단원이 되기에 충분했다. 게다가 좁은 미니버스 안에 쭈그리고 앉아 젖은 옷을 갈아입을 때도 우리는 넘치는 웃음을 주체하지 못해 배가 아플 정도로 낄낄거렸으니 해피엔딩인 셈이다.

다시 울란바토르로 돌아와 백화점에서 바뜨르와 니르구이에게 줄 선물을 사고, 저녁으로 몽골 전통 음식을 먹고, 민속 공연을 관람하고, 기념품점에서 선물을 살 때까지도 톨강에서 보낸 시간이 여행의 대단원이 될 것을 믿었다. 이제 정말 비행기를 타고 집으로 돌아가는 일만 남았기 때문이었다.

공항에서 니르구이와 나눈 작별은 몽골에서의 마지막 이별이었다. 인경이는 가족과 함께 다시 와서 니르구이를 찾겠다며 명함을 챙겼고, 정순이는 직장 동료들과의 연수 때 몽골을 적극 추천해 꼭 또 오겠다고 했고, 경화는 남편하고 승마와 골프 관광을 오겠다고 다짐했다. 우리는 각자 찍은 니르구이의 사진을 보내 주기 위해 그의 이메일 주소를 공유했다. 그리고 약속이 지켜지지 않으리라는 예감 때문에 반드시 지키겠다고 몇 번씩 되뇌었다.

출국 수속을 마치고 게이트 안으로 들어온 우리는 면세점에서 기념품을 사거나, 그동안 찍은 사진들을 보거나, 수다를 떨며 비행기 탑승 시간을 기다렸다. 돌아갈 시간이 코앞으로 다가오자 여행의 고단함이 급속히 밀려와 빨리 익숙하고 편한 집에 가서 쉬고 싶다는 생각만 났다.

"저거 경화 이름 부르는 거 아니가?"

주희의 말에 귀를 기울이니 무슨 말인지 모르겠는 영어 방송 속에서 안경화, 비슷한 소리가 들려왔다.

"맞아요. 아줌마 무슨 사무실로 오래요."

다인이가 말했다.

"뭐꼬? 내를 와 오라고 하노?"

경화가 깜짝 놀라 허둥거렸다. 무슨 일인지 불안한 가운데서도 다인이가 영어를 알아들었다는 사실이 기뻤다.

나는 가장 친한 친구의 의리로 경화와 같이 가 주었다. 주희도 함께였다.

"고비 사막 모래를 쪼매 생수병에 담아왔는데 그기 걸렸나 보다. 이걸 우야노?"

사무실을 찾아다니는 중에 경화가 이유를 추측하곤 울상을

190

지었다.

"그러게 와 그런 걸 갖고 오노? 다인이 같은 얼라도 공룡 알을 딱 놓고 왔다 아이가."

주희가 아이 나무라듯 말하는데도 경화는 기분 나빠할 정신도 없어 보였다.

"니도 참 모래는 뭐한다꼬 가져와서 이 사단을 만드노? 모래는 크게 중요한 것도 아니니까 큰 문제 없을끼다."

경화한테 말하면서도 공룡 알 화석을 두고 온 다인이가 대견스러웠다.

겨우 사무실을 찾아가 보니 무뚝뚝하고 불친절하게 생긴 여자와 남자 직원이 있었다. 우리가 아무 말도 하지 않았는데 여자 직원이 테이블 위를 가리키며 영어로 무슨 말인가를 했다. 그곳에는 경화 가방이 아니라 다인이 가방이 풀어헤쳐진 채 올라 있었다. 바로 뒤에 수속을 해서인지 다인이 가방이 경화 이름으로 부쳐진 모양이었다.

가방 옆에는 다인이가 발견한 공룡 알 화석의 반쪽이 놓여 있었다. 두고 온 줄 알았더니 어느 틈에 숨겨 온 것이었다. 방금 주고받은 말들이 생각나 친구들 보기도 창피하고, 공룡 알 화석을 기어이 숨겨 온 다인이에게 화가 나고, 무슨 대가를 치러야 할지 겁도 나는 게 정신이 하나도 없었다. 영어로 봐 달라고 하려면 어떻게 해야 하는지 하얗게 된 머리를 굴리고 있는데 갑자기 주희가 나섰다.

"가이드 노프라블럼, 마이 가이드…… 공룡을 뭐라카노?"

"사우르스, 사우르스."

자기 일이 아니자 얼굴이 활짝 펴진 경화가 말했다. 나는 입도 뻥긋할 수 없었다.

"맞다, 마이 가이드 톡투미 사우르스 에그 테이크 고 홈 노 프라블럼. 오케이?"

주희가 당당한 목소리로 직원에게 말했다. 우리 가이드가 공룡 알을 집에 가져가도 된다고 했다는 말임은 나도 알아들었다. 주희의 순발력이 놀라웠다. 나는 우리가 방금 전 그렇게 서운해하며 헤어졌던 가이드 니르구이에게 죄를 뒤집어씌운 미안함보다는 제발 직원이 주희 말을 알아들었기를 바라는 마음이 더 컸다. 다행히 공룡 알 화석을 압수당하는 것으로 일은 마무리됐다.

일행에게로 가는 동안 나는 슬그머니 기분이 좋아졌다. 발견한 것이 소유하는 것보다 더 큰 의미가 있다는 춘희의 말에 감동 받았음에도 다인이는 결국 공룡 알 화석 반쪽을 가져왔다. 그 모습은 다인이가 여행하는 동안 춘희한테 받았던 나쁜 영향으로부터 벗어났음을 의미하는 것 같았다. 그 때문에 다인이를 향한 내 나무람은 의당 부모로서 해야 하는 훈계 정도에서 그쳤다. 다인이는 내 훈계를 귓등으로도 듣지 않았다. 그저 공룡 알을 빼앗긴 것만 억울해 했다.

"엑스레이에 안 걸리게 잘 쌌는데, 아깝다. 오빠 주려고 했는데."

"훔쳐 온 공룡 알이 뭐가 좋다고 형인이한테 줘?"

공항에서 걸리기를 잘했다. 내가 다인이와 이야기하도록 한 옆에 떨어져 앉은 경화와 주희가 무용담을 재생하고 있었다.

"공룡이 뭐냐고 물었더니 사우르스라는기라. 얼결에 그렇게 말했는데, 오면서 생각해 보니까 공룡은 다이노서 아니가. 내 사 마 쪽팔려 죽겠다."

"그 사람들 또 볼 것도 아닌데 쪽팔릴 거 없다. 우쨌거나 통했으면 되는 거 아니가."

모두들 깔깔거리며 웃었다.

"아줌마들한테 얼마나 창피했는 줄 알아?"

"엄마는 엄마 기분만 중요하지? 오빠가 어릴 때 공룡 엄청 좋아했던 거 알아?"

내가 눈을 흘기자 다인이가 비웃듯 말했다.

"모르긴 왜 몰라? 공룡 책만 나달나달하게 읽었는데."

"그럼 엄마가 공룡 모형 몽땅 태현이 준 것도 생각나겠네."

물론 생각났다. 책장을 가득 메웠던 갖가지 공룡 모형들. 내 눈엔 어린 아이들이나 갖고 노는 장난감에 불과했고 중학생이 된 형인이에게는 불필요한 것들이었다. 형인이는 내가 사 주는 대로 입고 먹고 읽었으므로 당연히 장난감 정리도 내 소관이었고, 그 자리를 책으로 채워 넣은 것도 내 일이었다.

"그게 뭐?"

"오빠가 그때 얼마나 속상해 했는지 모르지? 작은 고모네 집에 가서도 공룡은 쳐다보지도 않았어. 억지로 눈물 참고 다른 데만 보는 오빠가 얼마나 불쌍했는데."

잘 모르는 일이었다. 공룡 모형을 치웠다고 불평했던 기억도 없는 걸 보면 별 문제 없이 지나간 모양이다.

"그때 그러길 잘했지. 그리고 공부해서 중학교 배치고사 1등 했던 건 기억 안 나? 공룡 알 뺏기기를 잘했네."

"엄만 하여간 우리가 좋아하는 꼴은 못 보지. 공룡을 그렇게 좋아했는데 진짜 알 화석을 보면 오빠가 얼마나 더 좋겠어. 그래서 팔, 아니 선물로 주려고 했는데. 암튼 엄마, 공룡 알 공항에서 걸린 거 오빠한테 꼭 얘기해 줘. 감옥에도 끌려갈 뻔했다고 말해 줘야 돼. 엄마, 근데 오빠, 엄마가 원하는 대학교 못 가도 유럽 여행 꼭 갈 거지?"

"또, 또 재수 없는 소리 한다. 유럽 여행 가고 싶으면 오빠 공부 방해하는 짓은 눈곱만큼도 하지 마."

나는 눈을 흘겼지만 다인이 덕분에 재미있는 추억거리를 하나 더 만든 기분이어서 그렇게 화가 나지는 않았다. 그리고 다인이가, 내가 편애한다며 제 오빠를 미워만 하는 줄 알았는데 그런 생각을 하다니 기특하고 흐뭇했다.

탑승 시간이 다 됐을 무렵 문자가 왔다. 형인이었다. 비행기 타기 전에 문자 보내려고 했는데 깜빡 잊고 있었다. 내용을 읽기도 전에 몇 시간 뒤에 만날 형인이에 대한 그리움이 밀려왔다. 엄마 없이 무뚝뚝한 아빠와 단둘이 지내느라 얼마나 힘들었을까. 읽기도 전에 또 문자가 연달아 왔다. 아무리 문자를 길게 써 보내도 'ㅇㅇ'이나 'ㅇㅋ', 'ㄱㅅ' 같은 답만 하던 형인이의 긴 문자가 그동안의 외로움과 고충을 말해 주고 있었다. 나는 안쓰러운 마음으로 문자함을 열었다.

엄마, 지금 공항이시겠네요. 나중에 이야기할까 망설이다 오시기 전에 문자 보내요.

쑥스러움을 많이 타는 녀석이니 얼굴 보고 직접 말하기 낯간
지러울 테지. 나는 형인이가 망설이는 이야기를 마음대로 생각
했다.

엄마 나 정말 자퇴하기 싫어요.

또 이런다. 하긴 자퇴를 했는데도 성적이 안 나올까 봐 걱정
되겠지.

엄마한테 그동안 말 못했는데 내 꿈은 중고등학교 생물 선생님
이에요. 우리 수학 선생님 보면서 생긴 꿈이에요. 저는 생물이 제
일 재밌어요. 수학 선생님처럼 학생들에게 생물을 재밌게 가르치
고 싶어요.

가슴이 벌렁거리기 시작했다.

엄마 마음에 안 든다는 거 알아요. 하지만 진짜 성공은 자기가
하고 싶은 거 하면서 사는 거라고 생각해요. 나중에 정말 좋은 선
생님이 되려면 자퇴를 하는 것보다 학교를 다니는 게 맞다고 봐
요. 그러면 엄마가 바라는 대학에는 못 갈지 모르지만 학교보다
전공이 더 중요하잖아요. 죄송해요.

답장할 새도 없이 연달아 온 문자의 내용이었다. 문자는 더
이상 오지 않았다. 퍽퍽퍽, 심장 뛰는 소리가 귓전에 울려 퍼지

며 머릿속이 하얘졌다. 공룡 알 화석으로 머리를 사정없이 맞은 기분이었다. 형인이가 내 말에 반기를 든 건 이번 자퇴 문제때가 처음이었다. 나는 그 이유가 자퇴를 하고서도 성적이 오르지 않을까 봐 겁이 나서라고만 여겼지 이렇게 딴마음을 품고있을 줄은 꿈에도 몰랐다.

이과를 택한 형인이를 두고 내가 꿈꿨던 그 애의 미래는 의사나 교수였다. 내가 가당치 않은 꿈을 꾸는 것도 아니었다. 형인이는 공부를 좋아했고 잘했다. 목표를 위해 긴 뒷바라지를할 각오도 돼 있었다. 자퇴는 그 미래를 위한 첫 번째 투자였다. 과학탐구 과목 중 생물을 선택한 것도 의대 입학을 위해서였지, 어려운 임용고시를 통과하고 발령을 받는다 해도 그동안의 수고를 보상 받기는커녕 아이들한테 인기도 없고 비중도 없는 데다 걸핏하면 동네북이 되는 중고등학교 선생이 되라고는절대로 아니었다. 그런 암울한 미래를 위해 내가 여태 내 삶이라고는 없이 뒷바라지를 한 게 아니었다.

자퇴를 하고 기숙학원에 들어가기로 한 1학기 말이 코앞인 시점에 이렇게 뒤통수를 치다니, 나는 화가 치밀었다. 사실 그런결정을 한 것도 2학년 들어 내신이 오르지 않고 있기 때문이었다. 내신 대신에 수능을 위한 공부에만 집중하는 게 목표한 대학에 붙을 확률이 높아 자퇴하기로 합의를 본 것이다. 그런데 이제와서 생물 선생 타령을 하는 걸 보자 불길한 기분이 들었다.

탑승을 알리는 방송과 함께 사람들이 소란스레 움직였다. 나는 다인이와 친구들 앞에서 형인이의 문자에 대해 내색하지않았다. 친구들은 자사고에 다니는 형인이가 자퇴를 원하는 것으로 알고 있었다. 특목고나 자사고에 다니는 아이들 중 자퇴하고 검정고시와 수능으로 대학을 가는 경우가 심심찮게 있어서 화젯거리도 되지 않았다. 그렇더라도 나는 아들을 강제로 자퇴까지 시키는 극성 엄마로는 비치고 싶지 않았다. 나는 답장을 하지 않았다.

비행기에 탄 뒤 휴대폰을 끄려는데 형인이로부터 또 문자가 왔다. 그래, 괜히 투정 한번 부려본 거니 걱정 말라는 문자일 거야. 나는 떨리는 마음으로 문자 메시지를 열었다.

엄마 말을 어기더라도 나는 엄마를 사랑해요.

보이지 않는다고 없는 것은 아니다

새벽 한 시가 넘은 시간이어선지 비행기 안에선 깨어 있는 사람들도 조용히 움직였다. 아침부터 밤늦게까지 돌아다닌 탓에 친구들은 비행기에 타자마자 잠에 빠져들었다. 조금 전까지 음악을 듣다, 영화를 보다 하던 다인이도 머리를 창에 기댄 채 잠이 들었다.

하지만 나는 형인이로부터 받은 문자 메시지 때문에 잠을 잘 수가 없었다. 눈이라도 감고 있고 싶은데 모래로 가득 찬 듯 눈알이 뻑뻑하고 서걱거렸다. 몽골로 가던 때처럼 캄캄해서 창밖으로는 아무것도 보이지 않았다. 그 창에 다인이의 모습과 내 모습이 겹쳐 비쳤다.

여행을 오는 게 아니었어. 며칠 동안 혼자 있다 보니 잡생각이 많아져서 이런 동티가 난 것이다. 집에 가서 잘 이야기하면 본래의 자리로 돌려놓을 수 있을 거야. 그렇게 생물이 좋으면 중고등학교 선생보다 생물학 교수가 되면 되잖아. 그런데 형인이의 꿈이 내 바람인 의사나 교수가 아니라 생물 선생이었다는 게 놀랍다 못해 이상하기까지 했다. 형인이에 대해서라면 그 애가 곧 나인 것처럼 훤히 알고 있는데 어디에 자신의 꿈을 숨겨 두고 있었는지 이해가 가지 않았다.

우리는 그동안 사랑과 신뢰를 바탕으로 같은 목표를 향해 달려온 사이였다. 그 목표를 이루기 위해서 형인이가 얼마나 공룡 모형을 좋아했는지는 모를지언정 생물 선생이 꿈이라는 사실은 알고 있어야 했다. 혹시 자퇴가 두려워 핑계를 대는 건 아닌가 하는 생각이 들었지만 내가 아는 형인이는 그럴 아이가 아니었다. 일찍 알았다면 벌써 형인이의 마음을 바꿔 놓았을 텐데, 어디서부터 잘못된 건지 혼란스러웠다.

갑자기 비행기가 흔들리기 시작했다. 난기류 때문이니 자리에 앉아 벨트를 꼭 매고 있으라는 안내 방송이 나왔다. 온몸은 물론 내장, 머릿속까지 뒤흔들던 고비의 차에 비하면 아기 요람 수준의 요동이었지만 허공이라는 생각에 겁이 덜컥 났다.

나는 나도 모르게 다인이의 손을 움켜잡았다. 다인이는 비행기가 흔들리는 것도, 내가 제 손을 잡고 있다는 것도 모를 만큼 깊은 잠에 빠져 있었다. 고개를 빼고 옆자리의 경화와 통로 건너편에 앉은 친구들을 살펴보았다. 모두 담요를 덮은 채 정신없이 자고 있었다.

비행기가 또 흔들렸다. 다시 공포가 엄습해 왔다. 혼자 깨어 있다는 사실에 더 무서워졌다. 문득 이게 우리의 마지막이라면 나는 무엇을 해야 할까, 하는 생각이 들었다. 모두 깨워서 작별을 고해야 할까? 아니, 차라리 아무것도 모르는 채 마지막을 맞이하게 하는 게 저들을 위하는 것 아닐까? 어떤 게 옳은 선택인지 전혀 알 수 없었다. 나는 어떤 상황에서도 이렇게 갈팡질팡하는 사람이 아니다. 나는 오락가락하는 내가 마음에 들지 않았다.

다시 비행기가 흔들렸다. 팔걸이를 움켜잡고 덜덜 떨던 나는 그 순간 깨달았다. 고비의 모래 언덕에서 왜 울었는지, 더 이상 대답을 피할 수 없었다. 이 대답을 하지 않기 위해 나는 기회가 있을 때마다 그 순간을 서둘러 여행의 대단원으로 삼았다. 초원의 마지막 밤, 춘희와의 이별, 잃었던 길을 찾고 사막을 떠나왔을 때, 톨강에서…… 하지만 그 어떤 것도 결말이 돼 주지 않았다. 모래 언덕에서 울었던 이유를 대답하기 전에는 때가 아니라며 다른 사건을 불러들였다.

마지막 기회라는 듯 비행기가 흔들리고 있었다. 나는 온 힘을 다해 부여잡고 있던 팔걸이를 놓았다. 남의 것인 양 팔이 무릎 위로 툭 떨어졌다. 그래, 항복이다. 내가 그날, 모래 언덕에 앉아 울었던 건 신기루 때문이었다. 눈앞에서 신기루가 홀연히 사라지는 것을 본 순간 내가 믿고 있던 것들이 실은 신기루처럼 허상이었는지도 모른다는 두려움이 날 울게 만들었다. 나는 고비로 들어서면서부터 이미 흔들리고 있었다. 차는 내 온몸을, 머릿속을, 오장육부를 마침내는 영혼까지 흔들어 대며 나를 내 안의 가장 깊은 곳으로 끌고 갔고, 나는 버팅기고 버팅겼다. 하지만 이미 내 안에 균열이 생기고 있음을 눈앞에 실제인 듯 있다가 사라진 신기루가 일깨워 줬다. 내가 그동안 기를 쓰고 잡아왔던 모든 것들이 신기루가 사라진 들판에서 갈 길 몰라 하며 허둥거리고 있었다.

나는 내가 살면서 선택한 것과 포기한 것들에 대한 확신이 흔들리고 있음을 끝까지 시인하고 싶지 않았다. 그걸 시인하면 내가 쌓아 올렸던 것들과 함께 나마저도 모래성처럼 와르르 허물어져 내릴 것 같았다. 모래 언덕에서 내려온 뒤의 시간은 허물어져 내리려는 모래성을 지키기 위한 안간힘의 시간이었다.

하지만 이젠 졌다. 비행기까지 제 몸체를 흔들며 날 위협하고 있는데 어쩔 수 없지. 그래, 난 흔들렸고, 지금도 흔들리고 있다. 집으로 가는 마음이 고비 들판에 홀로 서 있는 듯 막막했다.

"엄마, 울어?"

어느 틈엔가 잠이 깬 다인이가 나를 보고 있었다. 나는 얼른 눈물을 훔쳤다. 울고 있는지도 몰랐다. 요즘 나는 너무 자주 운다.

"왜 울어? 무슨 일 있었어?"

다인이가 놀란 얼굴로 물었다.

"조금 아까 비행기 엄청 흔들렸던 거 모르지? 비행기 떨어지는 줄 알았어."

사실이다.

"뭐야? 그럼 무서워서 울었던 거야? 난기류 때문이라고 방송 나오더만. 엄마는 강철 심장인 줄 알았는데 무서운 것도 있네."

다인이가 웃으며 말했다. 기어이 내 대답을 듣고서야 요동을 멈춘 비행기는 이제 포장도로를 달리는 자동차처럼 안정적이었다. 나는 자포자기의 심정으로 머리를 등받이에 뉘었다. 그간의 안간힘이 몸과 마음에 동통으로 남아 있었다.

캄캄한 창밖을 바라보던 다인이가 내게 물었다.

"엄마는 이번 여행에서 가장 기억에 남는 게 어떤 거야?"

몽골에서 있었던 일 하나하나가 우열을 가리기 힘들 만큼 기억에 남아 있었다. 그중에 꼭 하나를 꼽으라면 물론 신기루였다.

"너 먼저 말해 봐."

다인이도 신기루라고 했다. 공룡 알 화석이나 마지막 밤의 캠프파이어, 아니면 바뜨르를 말할 줄 알았는데 예상 밖이었다.

"왜?"

"그냥. 없는데 있는 것처럼 보이는 게 아무리 생각해도 신기해. 여행하는 동안 신기루 세 번 봤잖아. 그런데 볼 때마다 느낌이 다 달랐어."

"어떻게?"

다인이랑 언성을 높이거나 인상을 쓰지 않고 이렇게 평상시의 어조로 이야기를 나누는 게 얼마만인지 기억도 나지 않았다.

"모래 언덕에서 처음 봤을 때는……."

다인이는 잠시 말을 멈추고 창밖을 내다보았다. 창에 비친 다인이의 표정에 얼핏 아련함이 스쳐갔다. 나는 다인이가 말을 잇기를 기다렸다.

"모래 언덕에서 봤을 때는 처음 보는 거라 신기하기만 했고,

길 잃어버렸을 때 신기루를 두 번 봤잖아. 그때마다 진짜 호순 줄 알고 막 좋아했다가 아니라서 엄청 실망했잖아. 그래서 처음에는 없는데 있는 것처럼 보이는 게 속임수 같아서 나쁘다는 생각이 들었어. 그런데 진짜 호수를 만나고 길도 찾고 나니까 만약에 그때까지 신기루를 한 번도 못 봤으면 어떻게 불안하고 무서운 걸 참았을까 하는 생각이 드는 거야."

제멋대로이고 짜증만 부리는 줄 알았던 다인이가 자기 생각을 이렇게 조곤조곤 잘 이야기할 줄 몰랐다.

"그리고 엄마, 그런 일 아니더라도 사막에 신기루가 없으면 더 지루하고 심심할 거 같지 않아?"

나는 고개를 끄덕였다. 사막에는 우물만큼 신기루도 필요한 거였다. 그게 비록 사라지고 마는 허상일지라도.

"이제 엄마가 제일 기억에 남는 거 말해 봐."

다인이가 날 바라보았다. 집으로 돌아가고 있는 지금 이 순간부터 여행을 떠나오던 순간까지 일어났던 모든 일들이 필름을 거꾸로 돌릴 때처럼 역순으로 머릿속에 펼쳐졌다. 너무도 생생했다. 여행의 순간순간들이 이토록 뚜렷하게 기억나는 까닭은 그 모든 것을 다인이와 함께했기 때문임을 깨달았다. 다인이는, 늘 엄마와 싸우고 미워했지만 실은 남자 동생들에게 뺏긴 자리가 그리웠던 열다섯 살의 나인 것 같았다. 그러자 신기루라고 하나만 들어 말할 수 없었다.

"전부 다."

"그런 게 어딨어? 이유를 대 봐."

"이거 말하려고 하면 저게 떠오르고, 저거 말하려고 하면 또 다른 게 떠올라서 하나를 고를 수가 없어서 그런다."

사실이었다.

"엄마한테는 정답하고 오답만 있는 줄 알았는데 신기하네. 아무튼 나쁘지 않아. 참, 엄마, 나 오늘 학교 가야 돼?"

다인이가 내 눈치를 보았다. 집에 가면 일곱 시 전일 테니 학교에 가고도 남는다. 어제까지는 체험학습으로 들어가지만 오늘부터는 결석이다. 신기루를 보기 전의 나였다면 고민할 것도 없이 가야 한다고 했을 테지만 지금은 아직 여독도 안 풀린 애를 학교에 보내도 되나 하는 생각이 든다.

"집에 가 봐서."

그 말만으로도 다인이는 집에서 쉬라고 한 것처럼 기뻐했다. 다인이가 졸리다며 하품하는 걸 보자 나도 눈꺼풀이 내려오기 시작했다. 눈물과 함께 눈 속의 모래가 빠져나갔는지 눈을 감아도 뻑뻑하지 않았다. 우리는 서로에게 기댄 채 잠이 들었다.

말을 타고 고비 들판을 달리고 있는데 어렴풋이 기내 방송이 들려왔다.

"01시 20분 몽골 징기스칸 공항을 출발한 우리 비행기는 잠시 후 새벽 04시 10분 인천 국제 공항에 도착할 예정입니다. 도착지의 현재 기온은 섭씨 25.4도이며 날씨는 맑겠습니다……."

생명의 고리로 순환되는 모녀 이야기

#

이튿째다. 『신기루』에 실을 '작가의 말'을 쓰기 위해 모니터에 한글 화면을 띄워 놓고 한 줄도 쓰지 못한 채 끙끙거리고 있는 게. 머릿속이 빈 모니터 화면처럼 하얗다. 원고지 700여 장의 소설을 써 놓고 15장짜리 작가의 말을 못 써서 애를 태우고 있다니. 40여 권의 책을 내는 동안 '작가의 말'은 늘 나를 괴롭혔지만 이번처럼 막막하게 여겨진 적은 없었다.

마감은 코앞에 다가오고, 시작이 반이라는 속담에 기대 무슨 말이라도 시작해 보라고 마음속에서 채근하는 소리가 들려온다. 작가의 말이 뭐 별 거 있어? 그동안 그래 왔던 것처럼 작품을 쓰게 된 동기, 배경, 말하고자 하는 주제 등에 대해서 풀어 놓으면 되잖아.

#

5년 전 여름, 문우들과 몽골로 여행을 갔었다. 많은 나라 중 몽골로 정한 건 풍문으로 들려오는 초원과 사막에 대한 환상 때문이었을 거다. 관광이 아닌 '여행'을 하고 싶은 열망이나 작가연하는 허세도 약간은 있었을지 모르겠다.

우리의 주된 여행지는 남고비 사막이었다. 몽골 여행 상품 중에서 고비 일정을 선택했을 때 낭만적인 사막의 풍광을 떠올리지 않았다면 거짓일 것이다. 하지만 우리를 기다리고 있던 건 끝없이 펼쳐진 모래사막이나 푸르른 초원 대신 거무죽죽한 맨땅이 흙먼지를 피워 올리는 황무지 같은 평원이었다.

#

내 작품 속에서 어른이 화자가 돼 본격적으로 자기 이야기를 하는 건 『신기루』가 거의 처음이다. 그동안 나는 동화나 청소년소설을 쓰는 만큼 어른보다는 어린이와 청소년들의 마음과 삶을 들여다보는 일에 주력했다.

하지만 이번 작품에서는 딸 다인이와 엄마 숙희의 이야기가 1부와 2부로 나뉘어 같은 비중으로 펼쳐진다. 애초부터 그렇게 계획했던 건 아니다. 처음엔 엄마 따라 여행 간 딸이 화자인 단편소설로 썼는데 이야기를 시작만 해 놓은 것 같은 미진함을 떨쳐 버릴 수 없었다. 딸이 자라서 엄마가 되며 이어지는 모녀 사이는 모자나 부자, 부녀와는 또 다른 생명의 고리로 순환되는 관계라는 생각이 든다. 그런 모녀가 함께 간 여행에서 딸 이야기만 하는 건 어쩐지 공평치 못하고 균형이 맞지 않는 것 같았다. 엄마들 또한 딸이었던 때가 있었으며 세월의 흐름에 변한 건 겉모습뿐이라는 사실을 알게 됐기 때문일까? 그렇더라도 엄마 숙희가 그렇게 많은 생각과 감정을 숨기고 있을 줄은 몰랐다. 숙희의 이야기를 쓰는 동안 문득문득, 마음이 아리고 슬펐다.

#

이 작품을 쓰는 내내 함께 여행하고 오랫동안 나눌 수 있는 추억을 만들었던 문우들이 떠올랐다. 『신기루』를 쓰는 과정은 그들과 함께 텅 빈 고비 들판을 가득 채우고 있던 그것이 무엇이었는지를 찾는 여정이기도 했다.

#

'작가의 말'을 마무리하려는 지금, 왜 그렇게 쓰기 어려웠는지 알 것 같다. 이미 모든 것을 소설 속에서 말했으므로, 정말 할 이야기가 없었던 거다. 사족은 이제 그만!

2012년 봄
이 금 이

푸른책들이 펴낸 〈이금이 작가〉의 성장소설

너도 하늘말나리야 (푸른도서관 5)

유진과 유진 (푸른도서관 9)

주머니 속의 고래 (푸른도서관 17)

벼랑 (푸른도서관 24)

첫사랑 (미래의 고전 1)

우리 반 인터넷 소설가 (푸른도서관 36)

소희의 방 (푸른도서관 41)

신기루 (푸른도서관 50)

이 금 이

'이 시대 최고의 아동청소년문학 작가'로 꼽히는 이금이는 1984년 '새벗문학상'에 동화가 당선되어 문단에 데뷔한 이후, 30여 년 동안 진한 휴머니티가 담긴 감동적인 작품을 구준히 발표해 왔다. 제39회 '소천아동문학상'을 받았으며, 초등학교와 중학교 〈국어〉 교과서에 「배우가 된 수아」, 「구아의 눈」, 「너도 하늘말나리야」, 「주머니 속의 고래」 등 여러 편의 작품이 실리기도 한 그는 아이로부터 어른에 이르기까지 나이를 초월하여 폭넓은 독자층을 가지고 있는 보기 드문 작가이다. 대표적인 작품으로 동화 『너도 하늘말나리야』, 『밤티 마을 큰돌이네 집』, 『밤티 마을 영미네 집』, 『밤티 마을 봄이네 집』, 『나와 조금 다를 뿐이야』, 『영구랑 흑구랑』, 『땅은 엄마야』, 『금단현상』, 『첫사랑』, 『싫어요 몰라요 그냥요』, 『사료를 드립니다』 등이 있고, 청소년소설 『유진과 유진』, 『주머니 속의 고래』, 『벼랑』, 『우리 반 인터넷 소설가』, 『소희의 방』, 『신기루』와 동화창작이론서 『동화창작교실』이 있다.

홈페이지_ http://leegeumyi.com

푸른도서관은 10대에서 20대까지 눈부신 성장을 거듭하는 푸른 세대를 위한 본격 문학 시리즈입니다.

＊〈푸른도서관〉 시리즈는 계속 나옵니다!